Кызып Жоопук Жапжапым

涙が星に変わるとき

チンギス・アイトマートフ
浅見昇吾訳

花風社

涙が星に変わるとき

【目次】「涙が星に変わるとき」

プロローグ――ジャーナリストの回想

取材で、天山山脈《テンシャン》の地をよく訪れていた頃の話である。

ナリンの街で仕事をしていた折、急遽フルンゼにある編集部に戻らねばならなくなった。バス停まで全力で駆けつけたのだが、ちょうどバスが出発したところだった。五時間も待たなければ、次のバスはこない。

仕方がない。ヒッチハイクするしかない。そう思い、大きな幹線道路のほうに歩きはじめた。交差点のガソリンスタンドのところまでたどり着くと、トラックが一台見えた。ガソリンを入れ終えたところらしい。運転手がガソリンタンクのキャップを閉めていた。

助かった！

フロントガラスの前には、「国際線ルート――ソビエト連邦」という標識が張ってある。中国からきたトラックで、リュバチェまで行くに違いない。あそこには、国際貨物取り引きの集積所があるからな。乗せてもらおう。リュバチェからなら、フルンゼまではすぐだ。

「ご出発ですか。申し訳ありませんが、リュバチェまで乗せていって頂けませんでしょうか」

私がこう尋ねると、運転手がこちらに顔を向けた。重く沈んだ目をしている。

「申し訳ないが、それはできません」

静かな口調で断ってきた。

「お願いします。緊急の用事なのです。急いでフルンゼまで行かねばならないのです」

「お急ぎだということはわかります。しかし、無理なのです。悪く思わないでください。今は誰も乗せることはできません」

「新聞記者なのです。急ぎの仕事があります。お願いします。お金はいくらでもお支払いいたします」

どうしてだろう？　助手席が空いているではないか。なぜ拒絶するのだろう？

「お金？　お金なんか問題ではありません。いつもなら、ただでも乗せていきますよ。ですが、今日は駄目です。絶対に駄目です！」男は怒りの表情を見せながら、タイヤを蹴った。「悪く思わないでください。すぐに別の車がきます。私と同じ事務所の車があとからくるはずです。そちらにお乗りください。私は乗せていくことができません」

間違いない。助手席に誰かを乗せるつもりだ。助手席はあきらめよう。

「荷台のところでも構いません。お願いします」

「申し訳ない。荷台も駄目なのです。本当に申し訳ない」

ドライバーは時計に目を向けると、にわかに急ぎだした。

私は肩をすくめ、ガソリスタンドの店員のほうに視線を向けた。どうしてだろう？　そう目で問いかけた。ロシア人の女性は窓から私たちのことを眺めていたが、黙って首を横に振った。出発させてあげなさい。そう言っているらしい。

男は運転席に乗り込み、煙草を口にくわえ、エンジンをかけた。

私は運転手の姿を眺めていた。中年というにはほど遠い。まだ、三十歳くらいだろうか。背が高いが、少し猫背のようだ。

ハンドルを握る手が大きくて、力強い。しかし、目には疲れが見える。瞼が重いらしい。その様子が妙に印象に残った。

男は手で顔をこすり、深いため息をつき、前に広がる山道を厳しい視線で見据えた。次の瞬間、車は激しい勢いで、走り去っていった。

ロシア人の店員が私のところに近寄ってきて、私をなだめようとした。

「怒らないでください。すぐに別の車がきますから」

私が何も答えないと、店員が言葉を継いだ。「気にかかることがあるのです。急がざるを得ないのです。いろいろいきさつがあって、仕方がないのです。彼のことは、私もよく知っています。以前、この近くに住んでいたのですよ。荷物の積み替え場の隣に。それで……」

この話の続きを聴くことはできなかった。新しい車がやってきて、私を乗せていってくれることになったのである。

ドロン峠に入ったところで、先に出発したトラックに追いついた。普通の運転ではなかった。制限スピードを大きく越えている。天山山脈《テンシャン》を走るトラックのスピードではない。カーブにさしかかっても、速度を緩めない。エンジンからものすごい音を出しながら、カーブを攻めていく。岩が上から覆い被さるように突き出た急な坂道でも、ひるまない。窪地に落ち込むように突入していったかと思うと、そこから飛び上がるように姿をあらわす。トラックの幌《ほろ》の端が風にはためき、車体を打ちつけていく。

しかし、私が乗った車の性能のほうが遙かに高かったらしい。トラックに追いついてしまった。トラックの横に並んだとき、窓ガラス越しに運転手を眺めた。

何というむちゃをするのだろう。いったいどうしてこんなに急いでいるんだ。自殺行為ではないか。

しばらく前から、小粒の雹《ひょう》も降っていた。突然のことであったが、このあたりではめずらしいことではない。白い軌道を描きながら舞い降りてくる。

男は、フロントガラス越しに、この雹を燃えるような目で見据えていた。煙草をくわえ、緊張した面もちで前方を凝視している。

両手はハンドルを巧みに操っていた。助手席には誰の姿も見あたらない。運転手しか車には乗っていないようだった……。

プロローグ

苦労の末、編集部に到着したが、すぐに南キルギスのオシ市に行かねばならなくなった。ジャーナリストだから仕方がない。それにしても、つねに時間に追い立てられている。取材に出発するにしても、準備の時間もない。このときも、発車する直前に列車にかけ乗る羽目になった。

何も考えず、目の前に合った車室《コンパートメント》に入り、席に着いた。窓際に一人の男が座り、窓の外を眺めていたが、気にもとめなかった。

列車がスピードをあげていっても、男は外に目を向けていた。

スピーカーから音楽が流れてきた。キルギスらしい調べが聞こえてくる。何度も耳にしたメロディーだ。

草原が浮かんでくる。キルギスの壮大な風景が目の前に広がっていく。男がひとり、深い思いに沈みながら、果てしのない夕暮れの草原を駆け抜けていく。ふと、低い抑えたような声で歌を口ずさむ。美しい声が静寂に広がっていく。心に浮かぶものを歌い続けているのだろう。ひとり、深い静けさに包まれた男の感情を妨げるものなど、あるはずがない。かすかな低いひづめの音だけが、男の調べを途切れさせる。弦楽器《コムス》がかすかな歌を奏でているようだ。小川のせせらぎのメロディーに合わせて、弦楽器《コムス》が歌い上げていく。丘の彼方《かなた》に沈む赤い太陽を！声もなく大地の上を急ぐ冷たい空気を！　颪にそよぎながら、花粉を大地へ送り込む灰青色のヨモギを！　草原が男の声に耳を澄ます。ともに夢を紡ぎ、ともに歌を口ずさんでいく……。かつてはこのあたりの草原にも、馬に乗った男がいたに違いない。沈み行く太陽が天空を黄色に染め上げる中、颪のように草原を駆けていたのだろうか。山の尾根に吸い込まれた最後の残照が天空を赤くきらめかせる中、大地を疾走していったのだろうか。

窓の外に、果樹園とブドウ畑が広がったかと思うと、暗緑色のトウモロコシ畑があらわれた。やがて踏切が見えてきた。ウマゴヤシを積んだ二頭立ての馬車が、列車の過ぎ去るのを待っている。御者は日焼けした若者のようだ。ランニングシャツを身につけ、ズボンを膝までまくり上げている。列車が近づくと、若者は急に立ち上がり、列車の中の誰かにほほえみながら手を振った。

疾走する列車のリズムとキルギスのメロディーが柔らかに溶け合っていく。ひづめの音の代わりに、車輪の音がリズムを刻む。

窓際の男は折り畳み式のテーブルにひじを突き、うなだれた頭を支えていた。彼も無言で歌を口ずさんでいるように思えた。馬にまたがった孤独な男の歌を！

夢想に思いを馳せているのかもしれない。だが、悲しんでいるように見える。打ちひしがれているように見える。後悔に苛《さいな》まれているのではないか。心の傷を癒《いや》せないでいるのではないか。自分の心の底を覗《のぞ》いているように見える。

思いに深く沈んでいるためだろう。私がいることにもまったく気づいていないらしい。私のほうは窓際の男をあらためてよく眺めてみた。

どこかで会ったことがある。手にも見覚えがある。指にも見覚えがある。日に焼けた手、長くてたくましい指、見たはずだ。どこかで……。

そのとき、突然思い出した。あのときのドライバーだ。私を乗せてくれなかったドライバーだ。

しかし、私の好奇心はこれで満たされた。さて、本でも読もうか。そう思い、本を取り出した。この男に私のことを思い出させても、仕方がない。それに、私のことなど忘れているに違いない。ドライバーなら、あちらこちらでいろいろな出会いを繰り返しているはずだ。私のことなど覚えていないだろう……。

しばらくの間、私も男も自分たちの世界に没頭していた。外は暗闇が立ちこめてきた。

窓際の男は深いため息をつきながら、煙草を取り出した。マッチに火をつけようとして顔を持ち上げたとき、私のことに気づいたらしい。驚いたような顔をしている。私をまっすぐに見つめたかと思うと、顔を赤く染めた。私が誰なのか、思い出したらしい。

「こんばんは」うしろめたそうなほほえみを向けてきた。

「どちらまで？　遠くまで行かれるのですか？」私のほうは手を差し出しながら、話しかけた。

「遠くまでです。遙か遠くまで！」そう答えたあと、ゆっくりと煙を吐き出すと、つけ加えた。

「パミール高原までです」

「私と同じ方向ですよ。私はオシまで行きます。ご旅行ですか。それともお仕事か何かがおありで……」

「まあ、そんなところですよ。煙草はいかがですか」

私たちは黙って煙草を味わった。これで話は終わりだろう。特別な話題も出てこないだろう。

男は再び思いに沈んでいった。垂れた頭《こうべ》が、車輪のリズムに合わせて揺れていく。

ずいぶん変わってしまったものだ。あのときと比べると、かなり痩せたようだ。頬もこけている。眉間《みけん》に深いしわが刻まれている。

突然、男が無理に笑顔をつくり、尋ねてきた。「あのときは、お怒りだったでしょう」

「何のことですか？　よくわかりませんが……」恥ずかしいことを思い出させる必要はない。

しかし、男は後悔の念を顔に浮かべながら、まっすぐに私の目をみつめてきた。これでは、私も認めないわけにはいかない。

「ああ、あのときの方ですか。思い出しました。あんなこと、何でもありませんよ。よくあることです。すっかり忘れていましたよ。あなたのほうは、ずっと覚えていらしたのですか」

「他の日にお会いしていたら、忘れていましたよ。ですが、あの日のことは……」

「何かおありでしたか。事故か何かでも」

「どう説明したらいいでしょう……。事故ではないのですが……」

男は言葉を探しているらしい。やがて無理に笑い声を立てた。

「今日でしたら、どこにでもお連れいたしますよ。ただ、今日は私は運転手ではなく、お客なのでどうしようもありませんが。別の機会があれば」

「それはありがたい。どこかでまたお会いした折には、ぜひお願いしますよ」

「もちろんです」

「約束ですよ」と私は軽く応えた。

「約束します！」男は心の荷がとれたようだ。

「それにしても、なぜあのときには乗せていってくださらなかったのですか」

「なぜ？」男の顔が曇っていく。下を向き、矢継ぎ早に煙草を吹かしていく。すぐに私は悟った。触れてはならないことに触れてしまったらしい。場を繕《つくろ》おうと思ったが、どうしたらいいのかわからない。

男は吸い殻を灰皿に押しつけると、つらそうに言葉を吐き出した。

「乗せていくことなどできなかったのです。息子を迎えに行くところだったのです。息子が私を待っていたのです」

「あなたのご子息が……」

「ええ……。どう説明すれば、理解して頂けるのでしょうか……」

自分が興奮していくのを何とか抑えているらしい。男は新しい煙草に火をつけた。真剣な顔で私を見つめ、決心したような様子を見せ、話をはじめた。

私は男の言葉に耳を傾けることにした。

時間は十分にある。オシ市に着くのは、二日後だ。語り手をせかす必要もないし、そのつもりもない。質問を投げかけ、話を中断させる気もない。ひとりの男が心のすべてを吐露しようというのである。すべてを吐き出させればよい。途中で言葉が途切れることがあるだろう。それでもよい。語ろうとしている出来事を男はもう一度全身で体験しているのである。もう一度、心の葛藤とその思いを味わっているのである。

ただ、誘惑には駆られた。質問をしたくなるところもあった。詳しく訊きたいところもあった。ジャーナリストという職業柄、男の話についていくらかは聞き知っていったのである。男と関係した人たちの運命のことも、ある程度知っていた。男に教えたかった。説明したかった。何が起こったか。まわりの人間に何があったか。私の知っていることを伝えたかった。しかし、まずは男の話を最後まで聞こう。それでよいではないか。

物語の主人公、その本人の口から語らせるのがよいではないか。

出会い

すべては思いがけなくはじまった。
当時、私は装甲部隊での兵役を終えたところだった。兵役に赴く前に、すでにドライバーとして働いていた。孤児院で育った私には、学校を終えたらすぐに働くしかなかったのである。

またドライバーの仕事をするしかない。そう思い、友人のアリベック・ジャントゥーリンを訪ねることにした。ジャントゥーリンは一年前に兵役を終え、リュバチェの国際貨物取り引きの集積所で働いていたのである。彼と私は以前から、よく一緒に夢を語り合っていた。天山《テンシャン》山脈を走り抜けたい！　パミール高原を駆け抜けたい！

ジャントゥーリンは快く私を受け入れ、寮に住める手はずも整えてもくれた。それだけではない。新しい車すら与えてくれた。当時たくさんあった屋根のない車であったが、車体を眺めてみても、傷一つない。とても気に入り、友人のように愛おしく思った。

この車には、きわめて性能の高いエンジンが搭載されていた。とはいえ、必ずしも荷物を満載するわけではない。天山山脈《テンシャン》の道を走るのは容易ではない。ここは世界でもっとも高い山脈地帯なのだから、それも仕方がない。山の尾根を越え、谷を渡り、細い山道を進んで行かねばならない。

山が険しく急なカーブが連続するから、ドライバーは必ずいくらかの水を持参する。山には水は豊富にある。それでも、いつオーバーヒートが起こるかわからない。水がないことには不安で仕方がない。車を運転する人間には、そのことがよくわかっていたのである。

どうすれば一度にたくさんの荷を積むことができるだろうか。私も最初は考えた。だが、妙案は結局浮かばなかった。山はやはり山だ、としか言いようがない。

仕事は楽しかった。街も気に入った。たくさんの車が立ち並ぶ車庫は、イシククル湖の畔《ほとり》にあった。観光客がこの湖に立ち寄ると、あまりの美しさに魅入られる。思わず誇らしげな気持ちになってくるのも当然であろう。これほど美しいものは、容易には目にすることができない。

不満は一つしかなかった。上からの指導により、集団農場《コルホーズ》の体制が強化されはじめた。皆、畑に出て、一生懸命働いたが、間に合わなかった。機械や車が不足していた。集団農場《コルホーズ》を支えねばならない！　われわれのところの車の一部が投入されることになった。車が必要になれば、運転手も必要になる。事務所に入ったばかりの人間にその役がまわってくるなど、わかりきっている。若い人間が村《アイール》に駆り出されることになる。私も、あちらこちらの集団農場《コルホーズ》に駆り出された。

仕方がない。必要なことだ。自分でもわかっていた。だが、車がかわいそうではないか。田舎の道は穴だらけで、車にダメージを与える。泥もかぶってしまう。これほどひどい道は見たことがない。想像したことすらない！

◆

ある日のことである。

スレートを積みながら、車を走らせていた。集団農場《コルホーズ》に新しい牛小屋をつくるので、スレートが必要になったのである。

村《アイール》は、山脈の手前の小さな山にあった。村《アイール》を目指し、草原を駆け抜けていく。最初はすべてが順調だった。道が乾いていて、走りやすい。村《アイール》まではまだ距離があったが、すぐにも到着しそうな勢いだった。

そのとき、突然、車がとまってしまった。用水路を横切ろうとしたとき、タイヤが挟まってしまったようだ。見てみると、ひどい状況だった。ラクダが通りかかったとしたら、用水路の泥に埋もれてしまうのではないか。

何とか脱出しなければならない。必死に努力してみた。だが、駄目だった。車がまったく動かない。泥が車に吸いつき、車を離さない。大きなペンチで車が挟まれているようだ。腹立たしかった。苛立ちを感じた。そこで、思い切りハンドルを左右にひねってしまった。どうやらハンドルを制御する軸の部分に何かが引っかかってしまったらしい。仕方がない。車の下にもぐって、修理するしかない。車の下で泥と汗にまみれながら、作業をしていた。

何てひどい道なんだ！

道路をののしったとき、足音が聞こえた。車の下からは、ゴム製の長靴しか見えなかった。そのうち、スカートの裾も見えるようになった。裾の部分はややほつれていて、牛の糞の染みもついていた。婆さんか。村《アイル》まで乗せていってもらいたいんだな。

「駄目だよ、婆さん。直るまで、あと何時間かかるかわからないんだ。待っていても無駄だよ」

「お婆さんなんかではありません」

女がクスクスと笑いながら、小さな声を返してきた。

「では、何なんだ？」少し苛立ちながら、聞き返した。

「若い女の子です」

「若い女だって？」長靴をもう一度見たら、少しからかいたくなった。「美人なんだろうな？」

女はしばらく何も言わず、その場に立っていたが、やがて車の横のほうに足を進めた。立ち去るつもりかもしれない。俺は慌てて、車からはい出た。

目の前に若い女の子がいた。痩せた女の子が、眉をひそめながら立っていた。赤いスカーフを巻いている。肩にとても大きなジャケットを羽織っている。父親のものに違いない。

女は黙って俺を見つめてきた。俺は自分が泥だらけなのも、忘れてしまった。

「本当に美人だったんだ！」俺はほほえんだ。本当にきれいだった。本当に可愛かった。「これでパンプスでも履いていれば、完璧だ！」

冗談めかしてこう言うと、女は突然きびすを返し、後ろを振り返らずに足早に立ち去っていった。

何だ？　どうしたんだ？　まずいことでも言ってしまったのか？

俺はすぐにも彼女を追いかけたかった。だが、考え直した。散らばっている工具を急いで片づけると、大慌てで運転席につき、アクセルを踏んだ。強くアクセルを踏み、エンジンをかけてみる。そして、車を前に進めようと試みる。うまく行かない。それなら、バックしよう。後ろに動かしてみよう。これも駄目だった。あの女に追いつきたい。その一心で、必死に車を動かそうとした。モーターがうなり、車が激しく左右に揺れるが、動かない。女がますます遠ざかっていく。俺はタイヤにまとわりついた泥をののしった。

「どけろ！　タイヤから離れろ！　俺は出発したいんだ」

もう一度アクセルを踏んでみた。車が喘《あえ》ぎながら前に一センチ進んだ。次の瞬間、タイヤが急に動きはじめ、泥沼から脱出できた。

奇跡だ！

俺は猛スピードで車を走らせた。ハンドルを操りながら、タオルで顔の泥をぬぐい、髪をなでつけた。

若い女に追いつくと、車をとめ、言葉をかけた。どうしてなのだろう。思わず、丁重な言葉になってしまった。「どうぞ」

車に乗ってください。そういうジェスチャーも見せた。

しかし、女は黙って歩みを進める。立ち止まってくれる気配はない。がっかりしたが、もう一度彼女に追いつき、話しかけた。今度は、まずは謝ってみた。

「怒らないでほしい。ただ、あなたに……。お願いです。車に乗ってください」

女は何も答えなかった。

そこで車を彼女の前まで進め、車を斜めに停車させた。ちょうど道をふさぐような格好になる。車を降り、彼女の行く手に立った。

若い女は俺をまっすぐに見据えた。いったいどうしようというの？　そう言いたそうだ。ともかく、女の答えを待った。

どうしたことだろう。同情なのだろうか。彼女は俺の誘いに答え、黙って車に乗った。

俺も運転席に戻り、車を発進させた。

どうすればいい。頭をひねった。どう会話をはじめればいいんだ。若い女と二人だけになるのが、はじめてなのではない。経験は十分ある。しかし、この女に対して、どう語りかければよいのだろう。わからなかった。勇気が出なかった。どうしたことだ？

俺はハンドルを操りながら、時折彼女のほうに視線を向けてみた。絹のような柔らかな黒髪が見える。首のまわりに巻きついている黒い髪が美しい。ジャケットが肩から落ちかかると、手で受け止め、俺の体に触れないように車の端のほうに押しやった。横から顔を眺めると、澄んだ両目が見える。真剣さと優しさが宿っている気がした。眉間にしわをよせた姿など想像もつかない。

そのとき、彼女が俺のほうに目を向けてきた。視線がぶつかった。

ほほえんでくれたので、俺は勇気を振り絞って言葉をかけてみた。

「先ほどはどうして車の前に立ち止まったのですか?」

「何かお助けできれば、と思っただけです」

「助けたかった?」俺は思わず笑ってしまった。「なるほど。いや、実際に助けてくれたんですよ。あなたがいなかったら、俺は夜まであそこの用水路から脱出できなかったと思います。いつもこの道を通られるのですか?」

「はい。この道をまっすぐいったところにある農場で働いているものですから」

「それはいい!」俺は喜んでしまった。恥ずかしくなったので、そのあとで話をごまかそうとした。「いい道ですね。きれいな道ですよ、ここは」

その瞬間、タイヤがくぼみにはまり、車が小さくジャンプをした。その勢いで、俺たちの肩が触れ合った。俺は赤面してしまった。どうしたらいい。どこに視線を向ければいい。俺はどうすればよいのか、わからなくなってしまった。けれども彼女がクスクスと笑い続けたので、そのうち俺まで声を出して笑い出してしまった。

「実は、集団農場《コルホーズ》まで荷物を運ぶのが嫌でたまらなかったのですよ。馬鹿でした。何て馬鹿だったのだろう。あなたのような女《ひと》に会えるのがわかっていたら、主任と喧嘩する必要なんかなかったんだ！　そうそう、自己紹介しないといけない。俺、イリアスと言います」

「アセーリアと申します」

村《アイール》が近づいてきた。道がしだいによくなっていく。風がフロントガラスに襲いかかる。強い風のせいで、アセーリアのスカーフと黒髪もなびく。

俺たちはもう何も言葉を交わさなかったが、心地よかった。こんなことははじめてだった。心が軽くなったと言うのか。心の奥底から喜びがわいてくると言うのか。ともかく、快かった。俺の隣にひとりの女性が座っている。それだけで嬉しかった。一時間前には見たこともなかった女性、その人が俺の心を占めている。頭の中も、彼女のことで一杯だ。

アセーリアの心で何があったのかわからない。しかし、目がほほえんでいた。

ああ、この道がどこまでも続いていたら！　アセーリアと離れなくてすむのに！　いつまでも一緒にいられるのに！

だが、車はすでに村《アイール》の中の道を走っていた。

突然、アセーリアが驚いたような声をあげた。

「とめてください。もう降りなければなりません」

俺は車をとめた。

「このあたりに住んでいるのですか?」

「い、いいえ、違います」なぜだかよくわからないが、アセーリアは動揺しているらしい。声からそれが感じ取れる。「ですが、ここで降ろして頂きたいのです」

「なぜ? 家まで送りますよ!」俺はアセーリアの答えを聞く前に車を発進させた。

「とめてください。お願いします!」アセーリアは哀願するような声を出した。

「仕方ないな……」俺は小さな声でつぶやいたあと、アセーリアに質問を投げかけてみた。「明日も俺があそこで困っていたら……、車が動かなかったら……、また助けてくれますか?」

からかうつもりなどなかった。冗談を言うつもりもなかった。本当に訊きたかったのである。

しかし、アセーリアは何も答えることができなかった。突然、目の前の家の門が開き、中年の女が道路に飛び出してきたからである。とても興奮しているらしい。

「アセーリア!」女が大きな声で叫んだ。「いったいどこへ行っていたの! 仲人さんが待っていますよ。さあ、すぐに着替えなさい!」

アセーリアが一瞬困惑し、ジャケットが肩から滑り落ちそうになった。ジャケットを整えると、アセーリアは黙って母親の後にしたがった。

門が閉まる前に、アセーリアは後ろを振り向き、俺のほうにもう一度視線を向けた。

このときになってようやく、家の前に馬がいるのに気づいた。鞍がついたままになっている。馬をよく見ると、かなりの汗をかいているようだ。

すぐにわかった。遠くからきた馬だ。

俺は座席から腰を少しあげ、塀の向こうの様子を探ろうとした。

庭のかまどのところで、女たちが一生懸命働いている。銅製のサモワールも見える。湯気があがっているようだ。ひさしの下では、二人の男が羊の内臓を抜き取っている。

間違いない。準備をしているんだ。仲人を迎え入れる準備を。

俺は、その場を立ち去るしかなかった。他に何ができようか。


夕方、車庫に戻ると、車を洗いはじめた。だが、急いで洗うような真似はしない。次々とやるべきことを見つけて、それに取りかかった。なぜなのだろう。アセーリアのことが気にかかる。自分にもわからない。ここにくるまでの間も、アセーリアのことを思っていた。そんな自分に苛立ってもいた。なぜアセーリアのことが浮かぶ。アセーリアをどうしようというのだ。あの女が何だっていうんだ。恋人でも妹でもない。集団農場《コルホーズ》に行く途中で偶然出会って、家まで送っていっただけの女ではないか。何を大騒ぎしているんだ。アセーリアが俺に愛を告白したとでも言うのか。きっと、もう俺のことなんか忘れているに違いない。俺のことなんか何とも思っていないに違いない。婚約者がいるんだ。俺がいったい何だっていうんだ。ただの街道の運転手だ。星の数ほどいる運転手のひとりにすぎない。なぜ俺が彼女のことに首を突っ込まねばならない。アセーリアはどこかの男と結婚するんだ。俺が気にしたところでどうなる。自分の仕事をすればいいんだ。車を運転していればいいんだ。アセーリアのことなんか放っておけ。そうするしかないではないか。

だが、困ったことにアセーリアを忘れられなかった。アセーリアのことが気になって仕方がなかった。

もう洗うところもない。どうすればいい。寮に帰るべきなのだろう。けれども、あそこはいつも騒々しい。とても今すぐ帰る気がしない。ひとりでいたかった。泥よけ《フェンダー》のところに寄りかかり、両手を頭の後ろで組みながら、どうしようかとぼんやり考えていた。

隣では、ジャンターイが車の下にもぐり、自分の車を整備していた。ふと車の下から顔を出し、俺のほうに向いたかと思うと、嫌な笑いを浮かべながら、尋ねてきた。「何を考えているんだ?」

「金のことだよ!」俺は怒りの表情を見せながら、答えた。嫌な奴! いつもそう思っていた。けちで、ずるい。妬み深いし、気取り屋で、とても好きになれない。

ジャンターイは寮にも住んでいなかった。他のドライバーと違って、ひとりで部屋を借りていた。噂によれば、家主の女と結婚を誓い合ったらしい。だから、今住んでいる家が自分のものになるというわけだ。

俺は視線を中庭のほうに向けてみた。

やはり騒々しい。ひとりの若者が消防ホースを手に運転席の上の屋根によじ登り、まわりのドライバーたちに水を浴びせたようだ。大きな笑い声が起こった。ホースからわき出る水で全身ずぶ濡れの者も出てきた。何人かが屋根の若者を引きずり降ろそうとする。しかし、屋根の上の若者はうまく身をかわし、自動小銃でも操るかのごとく、放水ホースで敵を攻撃した。おかげで、屋根の上に迫った者たちの帽子が飛ばされてしまった。

そのとき、突然水が上に向けられた。空高く水が吹き上がり、放物線を描き、地上に降りていく。虹がきらめいた。放物線を描く水の中に鮮やかな色が輝く。

目を凝らすと、カディーシアが立っていた。業務主任を務める女性だ。芯の強い人間で、どこか近寄りがたい雰囲気も漂わせている。

カディーシアは悠然と立ちつくしていた。何も怖くなんかないわ。さあ、わたしに水をかけられるものなら、かけてみなさい。そんな勇気はないでしょう。体全体でそう主張しているように見える。片方の足を前に少し出し、ヘアピンを口にくわえ、頭の後ろで髪を結い上げていく。わずかに彼女に降りかかった水滴が銀色に輝いていた。

若い運転手たちは笑いながら屋根の上の男をそそのかしはじめる。

「カディーシアの体を洗ってやれよ」

「ほら、水をかけてやれよ」

「カディーシア、水がくるぞ。気をつけな」

けれども、屋根の上の若者はホースをカディーシアに向けることができない。カディーシアの近くまでは水を向ける。だが、本人にあてるようなことはしない。

俺だったら、頭から水をかけてやるのに。俺がそんなことをしても、カディーシアは別に怒らないだろう。笑うくらいだな。

俺はかなり前から気づいていた。カディーシアの俺に対する接し方が違うことを。他のドライバーとは違う目で、俺を見ていた。俺に対しては、すぐに譲歩する。怒っていたかと思うと、すぐに自分のほうから謝る。俺がおもしろ半分に彼女の髪を撫でたりするときも、そうだ。何をするの！　最初は俺をののしるのに、すぐに自分のほうから謝る。俺のほうが悪くても、いつも自分から謝った。

カディーシアとは時折、一緒に映画に行っていた。映画のあとには、車で彼女を家まで送り届ける。映画館から寮に向かう道の途中にカディーシアの家があったのである。

彼女と話があるときには、俺は管理ルームの部屋の中に入っていった。他の人間は窓越しに話をすることしか許されない。部屋の中にまで入れたのは、俺だけだった。

しかし、今はカディーシアのことに構う気になれない。あいつらがカディーシアをからかいたいのなら、勝手にやるがいい！

カディーシアはヘアピンでしっかり髪を結い上げると、おもむろに口を開いた。

「さあ、十分でしょ！　もうやめなさい！」強い口調の言葉が響いた。

「ご命令とあらば！」屋根の上の若者は直立不動の姿勢で、敬礼の姿勢をとった。

まわりの運転手たちは大声でわめきながら、屋根から男を引きずり降ろそうとしはじめる。

カディーシアがガレージのほうに向かって歩いてくる。ジャンターイの車の前にくると、立ち止まった。誰かを探しているらしい。俺のことかもしれない。ガレージは大きい。何台もの車がとまっている。そのため、仕切り立てのようなもので、幾つかに区切る必要も出てくる。その仕切り立てのためだろう。すぐには、俺を見つけることができなかった。

そのとき、ジャンターイが車の下からまた顔を覗かせ、カディーシアに話しかけた。

「これは、これは、お美しい方が。ようこそ、おいでくださいました！」相手に取り入るような嫌な口調だ。

「あら、ジャンターイじゃない」

ジャンターイは好色そうな目でカディーシアの脚を見上げた。カディーシアは不快そうな表情を見せ、少し後ずさりした。

「何を見ているのよ?」こう言いながら、カディーシアは靴のつま先でジャンターイのあごのあたりを軽く突いた。

このようなことをされたら、普通の人間だったら、不快に思うであろう。だが、ジャンターイは違った。不快に思うどころか、喜んだのである。キスでもしてもらったかのように、顔を輝かせた。そのあと、車の下にもう一度潜り込んでいった。

カディーシアはもう一度周囲を見回すと、ようやく俺に気づいたらしい。

「ご機嫌はいかがしら？　イリアス」

「最高だよ」

カディーシアは顔を仕切りの上に乗せると、視線を俺のほうに向け、小さな声でつぶやいた。

「管理ルームにきてちょうだい」

「わかった」

答えを聞くと、カディーシアはガレージから遠ざかっていった。俺が管理ルームに向かおうとすると、ジャンターイがまた車の下から顔を出した。

「申し分のない女だよな」ジャンターイは俺にウィンクしてみせた。

「ああ。だが、おまえには縁がないだろうな！」ジャンターイにはもう一言も口をきかせたくなかった。怒るだろう。俺に殴りかかってくるだろう。そう思っていた。俺は殴り合いの喧嘩が好きなわけではない。殴り合いなど、好んでやりたいとは思わない。だが、相手がジャンターイとなれば、話は別だ。

喧嘩がしたい！　そう思っていたのかもしれない。要するに、苛立っていた。アセーリアのことが気にかかっていた。どうすればいいのか。何をすればいいのか。何もわからなかった。だから、苛立っていた。

とはいえ、ジャンターイのほうは俺のとげとげしい言葉を何とも思わなかったらしい。

「あせることはないさ。いずれそのうち何とかなるかもしれないしな」そうつぶやいた。

管理ルームに行き、ドアを開けてみたのだが、中に誰も見あたらない。どうしたことだろう。カディーシアはどこに行ったんだ。何気なく後ろを振り返ると、カディーシアが目の前にいた。ドアの横のところに寄りかかっていたらしい。まつげの下の瞳が燃えるように輝いている。熱い吐息が俺の顔にかかってきた。どうしようもなかった。抱きしめたい。思わず、両手を彼女のほうに伸ばそうとした。しかし、途中で手を引っ込めてしまった。おかしな話だ。アセーリアを裏切るような気がしたのである。

「俺を呼んだ理由はいったい何なんだ?」わざと不機嫌そうな声を出してみた。

カディーシアがまた俺を見つめてくる。

「何なんだ!」俺は彼女をせかした。

「冷たい言い方をするのね」カディーシアは俺の態度に傷ついたらしい。「わたしより若い女に夢中なのかしら」

言葉がなかった。なぜ俺を非難する。いや、なぜ知っているんだ。

そのとき、管理ルームの窓が開いて、ジャンターイの顔が覗いた。

「カディーシア主任、どうぞこれを!」あざけりの笑いを見せながら、書類をカディーシアに手渡した。

カディーシアはジャンターイをにらみつけた。が、振り返ると、怒りのこもった言葉を俺に向けてきた。「ここにくる前に楽しいことでもあったようね」

俺を横に押しのけ、自分の机に急いで向かうと、一枚の書類を手に取った。

「さあ、受け取りなさい！」運行命令書を差し出した。

書類を受け取り、眺めてみると、集団農場《コルホーズ》に行けという命令だった。集団農場《コルホーズ》に行けば、アセーリアとまた……。それにしても、なぜ俺ばかり集団農場《コルホーズ》に送り込むんだ？

俺は怒りの表情を見せながら、語気の鋭い言葉を投げかけた。

「また集団農場《コルホーズ》か！　また家畜の糞とレンガを運べというのか！　冗談じゃない！」俺は運行命令書を机の上に叩きつけた。「もううんざりだ。もういやと言うほど、泥にまみれたんだ。他の奴にまわしてくれ！」

「大声を出さないでほしいわ。一週間の予定だったのが、伸びただけよ。もっと必要だと判断されただけ。おわかり？」

俺は落ち着き払った素振りを見せながら、言った。「もうあそこへ行くつもりはない！」

「そこまで言うのなら、いいわ。できるだけお偉方と掛け合ってみるわ。それでいいかしら？」

机の上に投げ出された運行命令書をカディーシアが取り上げた。

これで俺は集団農場《コルホーズ》に行かないですむ……。目の前にアセーリアの顔が浮かんだ。アセーリア！　もう会えないのか。哀しくなった。寂しくなった。俺は一生後悔するだろう。やはり行かねばならない。俺は集団農場《コルホーズ》に行かなければならない！

「もういい！　それをよこせ！」カディーシアから命令書を奪い取った。

ジャンターイが窓からこちらを覗いている。そして、馬鹿にしたような笑いを浮かべ、「オレの婆さんによろしく言ってくれ」と口にした。

殴りつけたかった。殴りつけようと思った。だが、黙って管理ルームを立ち去り、寮に向かった。

翌日、俺は目を凝らした。右に左に視線を向ける。アセーリアの姿はないか？　あのポプラのように痩せた姿はないか。赤いスカーフは見えないか。草原の人形のような姿は見えないか。ゴムの長靴を履いていようが関係がない。父親譲りのジャケットを羽織っていようが関係がない。アセーリアが素晴らしい人間だということは、もう俺にはわかっている！

アセーリアは俺の心の琴線に触れた。俺の心を目覚めさせた。俺の心に火を灯した。

車を運転しながらも、視線を左右に動かしていく。どうしたんだ。どこにもいないではないか。

やがて村《アイル》の中まできてしまった。

俺はアセーリアの家の前で車をとめてみた。アセーリアは家の中か？　だが、どうやって呼び出せばいい？　どう言えばいい？　やはり駄目か。俺はもうアセーリアには会えない運命なのだろうか。

俺は車を発進させ、集団農場《コルホーズ》に行き、レンガの積み荷を降ろしにかかる。作業に取りかかりながら、考えを巡らせていく。まだ駄目だと決まったわけじゃない。帰り道で会えるかもしれない。

しかし、期待通りには行かなかった。アセーリアの影も形もない。そこで、考えた。そして決めた。アセーリアが働いているという農場まで行こう！　農場にたどり着くと、通りがかった人にアセーリアのことを尋ねてみた。今日はきていません。それが返事だった。どうしたのだろう？　わざとこなかったのだろうか。俺に会いたくなかったのだろうか。嫌な考えが頭をよぎっていく。打ちひしがれた気持ちで、事務所の車庫まで車を走らせた。

次の日、また村《アイール》に向けて出発した。

やはりアセーリアのことが頭に浮かんできたが、あきらめようとした。

アセーリアなんかもういいではないか。期待してどうなる。アセーリアは婚約しているんだ。俺が入り込む余地などないではないか。

しかし、それでもどうしても信じられなかった。アセーリアがこのまま結婚して、すべてが終わる。そう思えなかった。村《アイール》では、今でも本人の気持ちとは関係なく、娘を嫁がせる。娘の気持ちを問い尋ねるなど、一切しない。駄目だ。このまま結婚したら、アセーリアの人生が台無しになる。

様々な思いが頭を駆けめぐっていく。

春だった。あたりを見渡せば、いろいろな花が咲き誇っている。山のすそ野あたりには、赤いチューリップが一面に広がっている。チューリップという花が、俺は好きだった。子どもの頃から気に入っていた。かわいそうだが、一本手折りたい。この花をアセーリアにプレゼントしたい！　だが、アセーリアはどこにいるのだろう。どこを探せばよいのだろう。

そのときだった。俺は目を凝らした。自分の目を疑った。アセーリアだ！　アセーリアがいる。誰かを待っているのだろうか。俺の車の車輪が落ちて立ち往生したところに、アセーリアがいた。道の端の石に座っていた。

アセーリアのところまで、俺は急いで車を走らせた。彼女は驚いて、立ち上がった。その勢いで、赤いスカーフがとれ、風になびいた。アセーリアは慌ててスカーフを両手でつかんだ。

アセーリアは美しい衣服をまとっていた。靴もヒールの高いサンダルだった。

俺は不安な気持ちになった。

「アセーリア！　こんにちは！」何とか言葉を吐き出した。

「こんにちは」アセーリアの声は小さかった。

俺は手を差し出し、アセーリアを車に乗せようとした。けれども、アセーリアはそれを拒み、目の前の道をゆっくりと歩きはじめた。車に乗りたくないらしい。

俺は車を発進させ、アセーリアの隣まで走らせると、車の速度を落とした。彼女の横に並び、ドアを開け、彼女の歩く速度に合わせて車を走らせていく。

しかし、言葉はなかった。いったい何について語れるというのだろう。

そのとき、突然、アセーリアが俺に尋ねてきた。

「昨日、農場にいらしたのですか?」

「行った」

「もうこないでください」

「俺はあなたに会いたいんだ!」

俺の言葉にアセーリアは何も答えてくれない。

短い言葉を交わしている間も、俺の頭の中にはあの仲人の姿がちらついていた。結婚の話はどうなったのだろう。俺は知りたかった。だが、口を開く勇気がなかった。怖かった。彼女の言葉を聞くのが!

アセーリアがこちらを見た。

俺は思い切って尋ねた。

「あの話は本当なのかい」

アセーリアは黙ってうなずいた。ショックだった。ハンドルから手が離れそうになった。

「結婚式はいつだ!」

「もうすぐです……」小さな声だった。

アクセルを強く踏み、走り去りたい。一瞬、そう思った。けれども、アクセルの代わりにクラッチを踏んでから、エンジンを思い切りふかした。エンジンの空回りする音があたりに響き渡っていく。アセーリアは驚いて、思わず車から体を離した。

俺は謝ることすらできなかった。胸が一杯だった。哀しかった。

「それじゃあ、もう会えないのか！」

「わかりません。でも、それが一番よいのではないでしょうか」

「だが、俺は……。俺はあなたを探す。あなたに会いに行く。あなたが何と思おうと、俺はあなたを探し回る」

再び沈黙が訪れた。アセーリアも俺と同じことを考えていたに違いない。

しかし、俺たちの間には壁があった。俺がアセーリアに駆け寄るのを妨げる壁。アセーリアが車にかけ乗るのを妨げる壁。見えない壁が立ちはだかっている。

「俺から逃げないでくれ、アセーリア。お願いだ、逃げないと約束してくれ。遠くから見ているだけでもいいんだ」

「どうお答えしたらいいのか、わかりません……」

「車に乗ってくれ、アセーリア！」

「乗れません。お願いです。もう行ってください。村《アイール》はもうすぐです」

しかし、次の日も、その次の日も、その翌日も、アセーリアには会うことができた。毎回、俺もアセーリアも偶然に出会ったかのごとく振る舞った。

アセーリアの横でゆっくり車を走らせていく。それしかなかった。

花婿のことは訊かなかった。訊きたくなかったのである。訊けば、つらい気持ちになる。

ただ、アセーリアの言葉から、花婿のことを何も知らないのはわかった。母方の遠い親戚で、遠くの山で木こりをしているらしい。その家は代々アセーリアの家と娘を交換して、親戚関係を保ってきたという。

アセーリアの両親からすれば、どこの誰ともわからぬ男のもとへ娘を嫁がせるなど、考えられないことだろう。俺のもとに娘を嫁がせる。俺を義理の息子にする。そんなことが、ありえるはずがない。いったい俺が何者だというのだろう。しがない運転手にすぎないではないか。無理だ。アセーリアにプロポーズしたい。でも、俺にはできない。無理だ。

アセーリアは多くを語らなかった。思いに耽《ふけ》っていた。俺のほうでも、希望を持てなかった。アセーリアの運命はもう動かすことができない。俺たちの出会いは虚しいものにすぎない。希望のない未来。そのことに二人とも触れなかった。決して口にしてはならない。お互いに、子どものように口にするのを避けていた。

それでも、会い続けた。お互いに会わずにはいられなかった。相手の顔を見ずにはいられなかったのである。

こうして五日の時が流れていった。

六日目の朝、事務所に行き、出発の準備を終えたとき、カディーシアに呼ばれた。

「いいニュースよ！」カディーシアは明るい声で俺を迎えてくれた。「もう村《アイル》に行かなくてもすむわよ。今日からは、河南省の新郷《シンシャン》よ」

俺は顔がこわばった。考えてもいなかった。集団農場《コルホーズ》に行く仕事がなくなるとは！　中国まで赴くとなれば、何日もかかる。アセーリアに会える時間などあるはずがない！

アセーリアはどう思うだろう。俺が突然、消えてしまったら。別れも言わずに消えてしまったら……。

「どうしたの？　あまり嬉しくなさそうね」とカディーシアがいぶかしがった。

「集団農場《コルホーズ》のほうはどうなる？　運ばなければならないものはまだあるはずだ」

カディーシアは不思議そうな表情を見せたあと、肩をすくめた。「どうしたの、集団農場《コルホーズ》になんか行きたくないって、この間言っていたじゃない」

「あのときは、あのときだ。考えが変わったんだ！」語気鋭く答えた。

そう言いながら、椅子に座ってみたものの、どうしていいのかわからなかった。

そのとき、ジャンターイが中に入ってきた。こいつが俺の代わりに集団農場《コルホーズ》に行くのか？

大丈夫。こいつなら、断るに違いない。集団農場《コルホーズ》へ行っても、ごくわずかな金しかもらえない。金の亡者のこいつが、こんな仕事を引き受けるはずがない。俺はジャンターイとカディーシアの会話に耳をそばだてた。

どうしたのだろう。ジャンターイは仕事を引き受けたのである。そして、カディーシアに言葉を投げかけた。

「あなたのためなら、私は世界の果てまででも走っていきます。村《アイール》には脂の乗った羊がいるでしょう。お一つお持ちいたしましょうか」

このあとジャンターイは俺のほうを向いた。

「申し訳ない。どうやらお邪魔したみたいだ」

「出ていけ。すぐに出ていけ！」俺はいきり立った。

「イリアス、なぜ苛立っているの？」カディーシアが俺の肩に手を置いた。

「集団農場《コルホーズ》に行かねばならないんだ。カディーシア、俺を集団農場《コルホーズ》へ行かせてくれ！」

「イリアス、あなたどうかしているわ。そんなことできるわけないでしょう。どうしたの。どうしてそんなに集団農場《コルホーズ》へ行きたいの？」カディーシアは心配そうに俺を見つめた。

俺は何も答えなかった。黙って事務所を出て、ガレージに向かった。

ジャンターイの車が俺の横を通り過ぎていく。すれ違いざまにジャンターイは俺にウィンクしてみせた。そのうえ、泥よけが俺の体とぶつかりそうになった。何て奴だ！

中国などに行きたくなかった。出発を遅らせるために、自分の車をいろいろいじってみた。だが、仕方がない。中国に赴くしかない。積み卸し場まで車を動かすことにする。

数台の車がすでに順番を待っている。一緒に煙草でも吸わないか。仲間のドライバーが誘ってくれた。俺は運転席から動かず、目をつむった。

アセーリアの姿が浮かんでくる。道端で俺を待っているのだろうか。虚しく待っているのだろうか。一日、二日、三日……。何日、待ち続けることになるのだろうか。俺のことをどう思うのだろう。

気づくと、前の車の荷がもうすぐ積み終わる。もうすぐ俺の番だ。クレーンの下に車を動かさねばならない。アセーリア、許してくれ。草原のポプラのようなおまえの姿を俺は忘れない。許してくれ、アセーリア。

そのとき、突然ひらめいた。

そうだ。状況を伝えることくらいできる。中国に行くことになったのを伝えよう。それを伝えたあと、中国まで車を走らせればいい。新郷《シンシャン》に着くのが、二、三時間遅れたとしても、たいしたことではない。車庫の担当の人間には、あとで説明すればいい。きっとわかってくれるだろう。もしわかってくれなくても、叱責を受けるだけですむに違いない。そうだ。アセーリアのところに行こう！　そうするしかない！　行くしかない！

ギアをバックに入れねばならない。しかし、後ろにはすでに車が並んでいて、バックするスペースがない。

ついに、前の車が荷を積み終えてしまった。

「さあ、イリアス、おまえの番だ！」クレーンを操る男が叫んできた。

クレーンの腕《ジブ》が俺の車に近づいてきた。終わりだ！　輸出品を積んでしまったら、もう好きなところへは行けない。何でもう少し早く思いつかなかったんだ。発送係が書類を手に俺に近づいてくる。後ろの窓越《リアウィンドウ》しに荷台を眺めた。荷物が揺れながら、下に降りてくる。しだいに荷台に近づいてくる。

俺はあらんかぎりの大声で叫んだ。「気をつけろ！」

この言葉と同時に、アクセルを思いっきり踏み込む。荷が降ろされる寸前に、猛スピードで脱出した。

後ろは大騒ぎだった。陽気な声をあげる奴もいれば、口笛を吹き出す奴もいる。当然、俺をののしっている者もいる。

だが、俺は倉庫や石炭置き場の横を駆け抜け、ハンドルを巧みに操り、前に突き進んでいく。あまりのスピードに目の前の道がかすんで見える。車体も揺れはじめる。しかし、それにも慣れてしまった。

やがてジャンターイに追いついた。ジャンターイは運転席から頭を出し、こちらに目を向けた。驚いたような表情をしている。俺のトラックだということもわかったらしい。

俺が急いでいるのは誰がみてもわかる。それでも、ジャンターイは道を譲らなかった。俺は道路を外れ、野原に出る。そこからジャンターイを追い抜こうというのである。アクセルをさらに踏み、スピードをあげる。だが、ジャンターイもスピードをあげた。俺に追い抜かれたくないらしい。道路をジャンターイが走り、野原を俺が走る。しばらくの間、二台のトラックが併走した。はやく前に進みたい。俺もジャンターイも体を乗り出すような姿勢になり、お互いを横から眺め、ののしり合った。傍《はた》からは、二匹の獣がいがみ合っているように見えただろう。

「イリアス、どこへ行くんだ？」ジャンターイが大声で叫んだ。

俺は拳《こぶし》で威嚇しながら、車を疾走させた。

結局、俺の車がジャンターイの車を追い越し、距離を広げていった。俺のほうは荷物を積んでいなかったから、その差が出たのだろう。

けれども、アセーリアが見つからなかった。視線を左右に向け、探してみても、どこにもいない。村《アイール》に到着したときには、息が切れていた。喘《あえ》いでいたと言ってもよい。まるで二本の足を使って走ってきたみたいだった。道にも家の中庭にも誰もいない。鞍のついた馬が一頭、庭に通じる戸口の隣の杭《くい》につながれていた。

どうすればいい？　俺はどうすればいいんだ？　結局、待つことに決めた。アセーリアは俺の車に気づいてくれるだろう。外に出てきてくれるに違いない。俺はボンネットのところで何かの準備をする振りをした。そうしながらも、目は戸口に向けられている。

しかし、長く待つ必要はなかった。戸口が開き、アセーリアの母親が出てきた。黒いひげをはやした恰幅のいい男性と一緒だ。年老いた男性は、キルティングの上着を二枚羽織っている。

下に身につけたほうの生地はプラッシュで、上に身につけたほうの生地はビロードだった。顔を見ると、赤い顔をして汗を流している。お茶を飲んだばかりらしい。老人とアセーリアの母親は馬のところまで歩いていった。老人が馬に乗ろうとすると、母親はあぶみを支え、老人を助けた。

「いろいろありがとうございました。お申し出、大変感謝しております。こちらのほうといたしましても、できるだけのことをさせて頂きます。どうかアセーリアをよろしくお願いいたします。娘を嫁に出すにあたっては、相応のことはさせて頂きます」

「これは、これは。ただ、お互いにあまり無理はしないことにしましょう」老人は母親の言葉に受け答えをしながら、鞍の上で姿勢を正した。「若い二人の前途を祝福しようではありませんか。二人に相応のものを贈りましょう。二人はわれわれ二つの家の子どもなのですから。われわれの家同士がまた手を結べることを喜ぼうではありませんか。それでは、失敬する。準備は万端。金曜日を待つだけですな」

「はい。金曜日が待ち遠しく思います。お気をつけてお帰りください。皆さんによろしくお伝えください」

金曜日？　そうか金曜日にアセーリアは……。今日は何曜日だ。水曜日だ！　時間がない。金曜日にアセーリアは遠くへ行ってしまう。何てことだ。それにしても、何という結婚の決め方だ。いい加減にしてくれ。昔からの習慣など、もうどうでもいいではないか。昔の習慣が若者の人生を台無しにしているではないか。それがわからないのか！

老人は山の方向に走り去っていった。

アセーリアの母親は老人の背を長い間見つめていた。老人の姿がかなり小さくなると、突然、俺のほうに顔を向けた。うさんくさそうな目をしている。

「あなた、どうしてここにいるのですか？　最近、このあたりでよく見かけますが、何か用なのですか？　用がないようでしたら、すぐに帰ってください」

俺は前から目についていたのか。

「パンクだ！」素っ気ない答えを返しながら、車を点検する振りをする。消えるものか。ここを立ち去るわけにはいかないんだ。アセーリアを見るまでは。

母親はぶつぶつ独り言を言いながら、俺から離れていった。

俺は車のステップのところに腰を下ろし、煙草に火をつけることにした。そのとき、突然、目の前にひとりの小さな女の子が走ってきた。車まで近づいてきたかと思うと、車のまわりをスキップしながらまわっていく。顔を見ると、どこかアセーリアの面影がある。妹なのか？

「アセーリアは出かけちゃったよ」と女の子が話しかけてきた。スキップのほうはやめる気がないらしい。相変わらず、車のまわりをまわっている。

「どこへ？　アセーリアはどこへ行ったんだ？」俺は女の子の腕をつかまえ、引き寄せた。

「わたしが知るわけないでしょう。離してよ。離して！」女の子は俺の腕を振りほどき、逃げていった。途中で俺に向かって舌を出すことは忘れなかった。

俺は車に乗り、ハンドルを握った。

どこへ行けばいい？　どこを探せばいい？　それにもうそろそろ事務所に戻らなければならない。どうすればいい？　俺は車をゆっくりと走らせ、草原に入り込んだ。用水路のところで車をとめ、車から降り、草原に身を横たえた。

どうすればいいのか、わからなかった。自分がひどく惨めに思えた。仕事はさぼってしまった。アセーリアは見つけることができない。どうすればいい。

自分の考えに沈んでいった。まわりのことなどすべて忘れてしまった。

どれくらい横たわっていただろうか。ようやく頭を少し起こそうとすると、車体の下から二本の女の足が見えた。サンダルを履いている。アセーリアだ！　すぐにわかった。アセーリアが車の向こう側にいる！　心臓が高鳴った。嬉しくて体が震えた。両足で立つこともかなわないほどだった。

同じだ。あの時と同じだ。はじめて会った時と！

「駄目だよ、婆さん。直るまで、あと何時間かかるかわからないんだ。待っていても無駄だよ」

「お婆さんなんかではありません」

アセーリアが応えてくれた。はじめての出会いを繰り返してくれた。

「では、何なんだ？」

「若い女の子です」

「若い女だって？　美人なんだろうな？」

「ご自分で確かめてみたら？」

俺たちは大きな声で笑った。

俺が飛び起き、アセーリアに向かって駆け寄ると、アセーリアのほうも俺に向かって走ってきた。近くまでくると、二人とも立ち止まり、相手の顔を見つめた。

「美しい。今まで会った中で、最高の女だ」

風に揺れるポプラのようなしなやかな体が、俺の目の前に立っていた。ショートスリーブの衣服を着ている。腕には二冊の本を抱えている。

「どうしてわかったんだ。俺がここにいるのを」

「図書館から家に戻ると、あなたの車のタイヤの跡が見えたの」

信じられない気持ちだった。この言葉は告白と同じではないか。あなたを好きです。そう言っているのと同じではないか。

アセーリアは俺のことを考えてくれたんだ。すぐに思い出してくれたんだ。タイヤの跡を追ってここまできたんだ。俺を大切に思ってくれているに違いない。

「すぐに追いかけたわ。あなたが待ってくれていると思ったから……」

俺はアセーリアの手を取った。「車に乗ろう、アセーリア。少しドライブをしよう！」

アセーリアはすぐに賛成してくれた。

俺の不安も悩みもすべてが消え去った。この世のすべてが幸せに包まれていく。もう何も存在しない。自分も存在しない。アセーリアも存在しない。幸福な気持ちだけがあった。天と大地に幸せな気持ちが広がっていく。

ドアを開け、アセーリアを助手席に座らせた。俺は運転席につき、ハンドルを握った。

出発だ！

走り出した。もちろん、目的地などなかった。だが、それが何だというのだろう。二人で並んで座っている。それで十分ではないか。お互いの目を見つめ合う。それ以上、何が必要だろうか。手と手が触れる。幸せだった。何もいらない。アセーリアがいればそれでいいではないか！

アセーリアが手を伸ばし、俺の帽子をまっすぐに直してくれた。「このほうが似合うわ」、そう言いながら、俺の肩に小さな頭を乗せた。

俺はアクセルを踏み、車のスピードをあげた。すべてのものが俺たちに近づいてきたかと思うと、遠ざかっていく。山が向かってきて、後ろに消えていく。目の前に草原があらわれた次の瞬間、木々があらわれてくる。風がこだまする。天の太陽が光を優しく投げかけた。

俺たちはほほえみながら、深く息を吸った。大地を味わいたかった。ヨモギの香りを吸い込みたかった。チューリップの芳香を胸に入れたかった。

草原の鷹が舞い上がった。車と競争したいのだろうか。車と同じ方向に向かって進んでいく。馬に乗った二人の人間が驚いて、慌てて脇に退き、大声で俺たちをののしろうとする。

「とまれ！　とまれ！」

誰なのだろう？　きっとアセーリアの知り合いだろう。だが、どうでもいい。馬に乗った二人は、車の巻き起こす土埃《ぼこり》の中に消えていった。

少し走ると、今度は前方に馬車が見えたが、俺たちのために道を開けてくれた。馬車に乗っていた若い男と女が、こちらにウィンクしてきた。祝福してくれているらしい。

「ありがとう！　感謝するよ！」若いカップルにお礼の言葉を述べた。

いつのまにか草原からアスファルトの道に戻っていた。

このすぐ近くからイシククル湖が見えるはずだ。車の方向を急に変え、野原や茂みの中をかき分け、前へ進んでいく。湖を見下ろせる小高い丘の上で、車をとめた。

俺たちは車から降り、手をつなぎ、壮大な湖を見つめた。泡立つ青い波が次々と畔《ほとり》を打ちつけていく。山の向こうに傾きかけた太陽が、水を赤く染め上げた。遙か彼方《かなた》の向こう岸に、紫に染まった雪山がかすんでいる。高き頂《いただき》は、灰色の雲に隠れていた。

「ほら！　見ろよ、アセーリア。白鳥だ！」俺は叫んだ。

めずらしい。イシククル湖では、秋か冬でなければ白鳥などいない。春に白鳥が見られるなど、稀《まれ》にしかない。白鳥は幸せを運んでくるという。俺たちを祝福してくれているのだろう。

白鳥の群れが、赤く染まった夕暮れの水面から飛び立った。高く飛翔したかと思えば、羽を広げながら急降下する。が、泡立つ水に触れた次の瞬間、再び空高く舞い上がっていく。鳥たちが翼をはためかせる。一条の鎖となって、同じリズムで翼を上に下に動かし、山の斜面を飛翔していく。羽を休める場所を求めているのだろう。今宵の安らぎの場所を探しているのだろう。

俺とアセーリアは黙って白鳥たちの姿を見つめていた。

俺はアセーリアに語りかけた。もうすべてが決まっているかのごとく。

「向こう岸に屋根が見えるだろう。あそこに、俺の会社の事務所がある」そして、俺は自分の車を指さしながら、言葉を続けた。「この車が俺たちの家だ！」俺は思わず笑ってしまった。車以外にアセーリアをどこに泊めたらいいというのだろう。他にないのだ。

アセーリアは俺の目をまっすぐに見つめたあと、俺の首に腕を巻きつけてきた。ほほえみながら、涙声で答えた。「家なんかいらないわ。あなたがいてくだされば、それでいいの。わたしには、もう戻るところはないわ。あなたと一緒にいるしかない。父と母はわたしたちを絶対に許さない。一生、許してくれない。わたしにはわかる。でも、わたしはいけないことをしたのかしら」

急激に空が暗くなった。雲が重く垂れ込めてきた。湖が黒く染まっていく。命の炎が消えたかのように。

山の向こうで溶接工が仕事をしているかのように、時折、激しい火花が飛び散った。夕立がくる。だから、白鳥は飛び去っていったのだろう。感じ取ったに違いない。ほどなく夕立が襲ってくることを。

突然、雷鳴がとどろき、天井の底が抜けたような激しい雨が落ちてきた。湖の水面が渦巻く。波が白い泡を生み出しながら、畔に激しく打ちつける。

春の嵐だった。春の嵐の中で、二人の最初の夜を迎えたのである。

雨がフロントガラスを打ちつけ、水滴が小川と化して、ガラスの表面を流れていく。白く光る稲妻が、闇を切り裂き、激しく渦巻く黒い水面に落ちていく。

俺たちは体を寄せ合いながら、小さな声で言葉を交わしていた。アセーリアは震えていた。寒いのだろう。不安なのだろう。俺のジャケットをアセーリアの肩にかけたあと、細い体を今まで以上に強く抱きしめた。

今まで知らなかった。まったく知らなかった。自分がこれほど優しい気持ちになれるとは！守るべき人がいるのがこれほど素晴らしいとは！　他人のために心を砕くのがこれほど心地よいとは！

俺はアセーリアの耳にささやいた。「アセーリア、君を守る。絶対に守ってみせる」

春の嵐が過ぎ去った。訪れたときと同じように、突然のことだった。それでも、かすかな優しい雨が降り注いでいるのだろう。湖の水面には小さな白い気泡が浮かんでは消えていた。

俺は唯一の高価な持ち物である携帯ラジオを取り出し、スイッチを入れた。すると、音楽が流れてきた。山の向こうの市立劇場でバレエ「チョルボン」が上演されているらしい。音楽が山を越え、車の中に入ってくる。そして、愛のように優しく、力強く空間を満たしていく。バレエの主題となっている愛と同じように、すべてを優しく力強く包んでいく。

聴衆が大きな喝采を贈っている。ダンサーの名前を叫んでいるらしい。舞台に花束を投げる者もいるだろう。しかし、劇場の誰よりも、熱い心を抱いている人間がここにいる。俺とアセーリアがいる。これほど熱い気持ちを感じている人間が他にいるはずがない。水面の揺れるイシククル湖の畔で体を寄せ合う二人——ここにこそ、熱い魂がある！

そうだ、バレエはアセーリアの愛を謳いあげているのだ。チョルボンという少女も幸福を手に入れるために、家を出た。心が締めつけられるような思いがする。俺のチョルボン！　俺のアセーリア！

真夜中になってようやくアセーリアは眠りについた。俺の肩によりかかりながら、安らかな寝息を立てている。しかし、俺のほうは眠れなかった。優しくアセーリアの顔を撫でながら、イシククル湖の深い呼吸に耳を澄ましていた。

旅

朝になり太陽が昇ると、車を走らせ、事務所に急いだ。

仲間たちは俺をののしりはじめたが、事情を話すと、すぐに謝ってきた。

結婚は特別な出来事なのである。皆、急にはやし立てた。俺がクレーンの下から走り去ったときのことを思い出し、笑う者もいた。

すぐに、中国に出発することになった。

アセーリアを助手席に乗せて出発だ。途中、親友のアリベック・ジャントゥーリンのところに立ち寄り、アセーリアを預かってもらおう。ナリン近郊の荷物の積み替え場、その隣にジャントゥーリンは住んでいる。国境からも近い。しかも、家族とともに住んでいる。非の打ち所のないような妻もいる。俺は近くを通るたび、彼の家を訪れていた。

出発すると、まず小さな店に立ち寄り、アセーリアの衣服を買うことにする。着替えなど持ってきているはずがない。今着ている服、昨日から着ている服しかない。服を買わないわけにはいかない。大きな花柄のショールも購入した。

その後、車を走らせていると、高齢のドライバーと出会った。敬愛するウルマート・アケだということは遠くからでもわかった。まだ距離がかなり離れているうちから、ウルマート・アケは俺にサインを送ってきていた。車をとめなさいということらしい。

彼の車に近づいたところで、俺は車をとめ、外に出て、老人に挨拶をした。

「おはようございます」

「おはよう、イリアス！ 永遠の絆《きずな》が汝《なんじ》ら二人を結びつけんことを！ 神のご加護があらんことを！ 子宝に恵まれんことを！」老人は祝福してくれた。

「ありがとうございます。ですが、誰から聞いたのですか？」驚いてウルマート・アケに尋ねた。

「よい知らせには羽が生えているのだよ。瞬く間に駆けめぐる。もう皆、知っている」

「そうなんですか！」本当に驚いた。

道に立ち、しばらく話をしていた。その間、ウルマート・アケは車の中のアセーリアのほうに無礼な視線を投げかけるような真似はしなかった。アセーリアのほうは赤いスカーフを巻き直した。

「それでは、お幸せに。娘さんよいか。これから、おまえさんは事務所の長老たちの娘のようなものだ。幸せにな」

ウルマート・アケは言葉を終えると、包みを一つ渡してくれた。中に金銭が入っているという。これを返すことは許されない。そのようなことをしたら、老人を侮辱することになる。

俺は老人に別れを告げ、車を発進させた。アセーリアは俺の顔見知りのドライバーとすれ違うたびに、恥ずかしそうに顔を隠す。躾《しつけ》のよい家庭に育ったのだろう。

「アセーリア！　俺の大切なお嫁さん、キスをしてくれ！」

「駄目よ。ご老人たちが目を光らせているかもしれないわ」

そう言いながらも、アセーリアは頬にキスをしてくれた。

知り合いのドライバーに出会うたび、祝福された。花を摘んできてくれた者もいる。贈り物を用意してくれた者もいる。誰もが俺たちを祝福してくれた。

誰の目にも、俺たちが新婚旅行をしているのがわかった。出発までの短い時間の間に、車に、色とりどりのリボンとスカーフ、そして花束が取りつけられていた。ロシア人の仲間たちがやったに違いない。赤と青と緑の鮮やかな色が車に彩りを添えていた。

幸せだった。そして、友人たちを誇りに思った。不幸なときにこそ、本当の友人がわかる、とよく言われる。しかし、幸福なときにも、本当の友人がわかるではないか！　俺は確信した。

そのうち、親友のアリベック・ジャントゥーリンの家に到着した。アリベックは俺より二歳年上で、がっしりとした体をしている。道理をわきまえた真面目な人間でもある。とにかく、素晴らしい人間であり、素晴らしいドライバーである。だから、俺たちはジャントゥーリンを労働組合の委員に選出している。何を言ってくれるのだろう。どんなお祝いの言葉をかけてくれるのだろう。俺は楽しみで仕方がなかった。

アリベックは黙って俺たちの車を眺めたあと、アセーリアのほうに歩いていき、手を差し出した。握手をして、お祝いの言葉をかけてくれた。

「さあ、運行命令書を渡してくれ！」いきなりそう言われた。俺は驚いたが、書類を手渡すと、アリベックはペンを走らせた。大きな文字が書類にしるされていく。

「新婚旅行ナンバー一六七！」

「一六七」は運行命令の番号だ。

俺はまた驚いた。「何をする！　それは命令書だぞ」

「しょせんただの紙切れさ。いいじゃないか。今回は、君たちの新婚旅行じゃないか！」アリベックは俺を抱きしめ、キスをした。俺たちは大声で笑い、語り合った。

中国に向けての出発の間際になって、アリベックが近づいてきて、問いを投げかけてきた。

「それで、どこに住むつもりなんだ」

肩をすくめるしかない。俺は自分の車を指さしながら、「あれが俺たちの住まいさ」と吐き捨てた。

「車の座席に住むというのか？　子どもが生まれたら、どうする？　車の中で育てるわけにもいくまい。いいかい、よく聞いてくれ。僕たちはもうすぐ新しい家に引っ越す。会社のほうも、僕がいろいろ取りなしておく。この家を使ってくれ。小さいけれど、積み替え場のすぐ近くだ。悪くあるまい。君たちに住んでほしいんだ」

「ありがたい申し出だが、おまえの新しい家はまだ完成していないじゃないか！」

アリベックはリュバチェの事務所から遠くないところに新しい家を建てていた。俺も時間ができたときには、アリベックの手伝いをしている。

「構わないよ。大丈夫なんだよ。もう少しで完成だ。あと少し手を入れれば、それで終わりなんだ。だから、君たちにこの家を使ってほしいんだ。それが一番いい。小さな家だけど、我慢してくれ。もっといい家を探しても、見つからないからな。今、住宅が不足しているのは君も知っているだろう?」

「ありがとう。これより大きな家なんか必要ないよ。少しの間、アセーリアを預かってもらいたかっただけなのに、家を全部譲ってくれるなんて……。本当に、何て感謝していいのかわからない……」

「構わないよ。君に使ってもらえるなら、嬉しいよ。ともかく、アセーリアと一緒に新婚旅行を楽しんだほうがいい。帰りにまた二人で立ち寄ってくれ。それがいい。僕がもしどこかに出かけていたら、戻ってくるまで待っていてくれ。皆で話し合おう。というより、住まいのことは奥方たちに任せたほうがいいかもしれないがな」アリベックはアセーリアにウィンクしてみせた。

「よし、わかった。そうさせてもらうよ」

「さあ、新婚旅行へ出発だ！　楽しんできてくれ！」アリベックはもう一度大きな声で叫んだ。

そうだ！　これは本当の新婚旅行なんだ。何という素晴らしい旅行なんだ。

すべてがこんなにうまくいくとは！　俺もアセーリアも驚き、そして喜んだ。

ただ、この旅行の途中で、一つだけ不快な出来事があった。嫌な気分になったと言ってもよい。ジャンターイと偶然出会ったのである。

カーブのところだった。突然、ジャンターイの車があらわれた。車に乗っていたのは、ジャンターイだけでない。カディーシアもいた。ジャンターイは俺にウィンクしてから、車をとめ、窓から首を出した。

「なんで、車をそんなに飾り立てているんだ？　新婚旅行みたいじゃないか」

「新婚旅行なんだよ！」俺は答えた。

「何だって？　新婚旅行？」とても驚いたらしい。どう答えたらいいのか、わからないらしい。助けを求めるように、カディーシアのほうへ顔を向けた。それでも、何か言わなければならないと思ったらしい。

「ともかく、おまえを探していたんだ」ジャンターイは声を絞り出した。

「こんにちは、カディーシア」親しげにカディーシアに話しかけた。カディーシアのほうは、黙ってうなずいただけだった。

「隣の女性が婚約者か？」ジャンターイが尋ねてくる。

「違うな。妻だよ」俺はアセーリアの肩に手をかけ、自分の方に引き寄せた。

「妻？」ジャンターイは目を大きくしている。彼の顔から考えていることが読みとれる。喜んでみせるべきなのか。そうでないのか……。「ともかく、おめでとう」

ジャンターイがとりあえずお祝いの言葉を述べたので、「ありがとう」と返した。

だが、ジャンターイは嫌らしい笑いを浮かべながら、余計なことをつけ加えた。

「しかし、何ということをしたんだ！　持参金ももらっていないのだろう？　駆け落ちなのだろう？」

「馬鹿やろう！　さっさと消えな！」大きな声でどなりつけてやった。腹立たしくて、我慢ができなかった。何てことを言うんだ！

ののしりたかった。もっと非難したかった。当然ではないか。あんなことを言う人間には！けれども、もう一度ジャンターイをにらみつけようとしたときには、ジャンターイは車の外にいた。手で頬をこすりながら、悪態をついている。カディーシアに向かって、何か言っているようだ。拳《こぶし》を振り上げ、カディーシアを威嚇している。しかし、カディーシアのほうは草原の中へ走り去ってしまった。途中で、草の上に倒れてしまったが、起きあがろうともせず、両手で顔を覆ったまま泣き続けた。

ジャンターイとカディーシアの間で何が起きたのか、はっきりとは見ていなかった。それでも、カディーシアに対しては、心が痛んだ。自分に責任がある。そういう気がした。どうしていいのか、わからなかった。ただ、アセーリアには何も言わなかった。

一週間後、積み替え場の隣の家に引っ越すことになる。

家は小さい。玄関と二つの部屋しかない。このような家が近くにはたくさんあった。ドライバーたちの家族が住んでいることが多い。が、ガソリンスタンドの店員の家族も住んでいた。

確かに家は小さかった。しかし、よい場所にあった。道路に面しているし、ナリンからも近い。いろいろ便利だ。ナリンは都会である。映画も観られる。ショッピングもできる。病院もある。だが、何よりも都合がよかったのは、積み替え場がリュバチェと新郷《シンシャン》の中間に位置していたことだった。もっとも頻繁に荷物を運ぶルート、その途中に自分の家があったのである。たいていは、家で睡眠をとることができたのである。

ほぼ毎日、アセーリアの顔を見られる！　これほど嬉しいことはない。俺は夜遅くなっても、家に戻った。真夜中になろうと、できるだけ家へ帰った。アセーリアもいつも待っていてくれた。先に床につくことなどない。いつも温かく迎えてくれた。

家にも少しずつ、家具が整えられていく。快適な住まいになっていった。

家も整ったこともあり、アセーリアにも外で働いてもらうことにした。アセーリアも働きたいという。村《アイール》で育ったのだから仕方がない。何もしないで毎日を過ごすことなど、できないのである。

こうしたことを話し合っていた冬の時期、とても嬉しいことがわかった。

アセーリアに子どもができたのである！

アセーリアが子どもを産んだとき、俺は中国から帰ってくる途中だった。車を急いで走らせる。興奮していた。車の速度をあげ、病院へ急いだ。ようやくナリンの病院に到着したとき、息子を授かったことを知った。アセーリアに会いたかった。すぐにも会いたかった。だが、当然、すぐには面会は許してもらえない。

俺は車に乗り込み、山の高みへ疾走した。

まわりを見渡しても、雪と岩しか見えない。目の前には、模様がきらめいた。白と黒が交互に織りなす模様が、光り輝いて見える。もう一度車を走らせ、ドロン峠を通って、山をさらに登っていく。やがて車をとめると、外へ飛び出した。

遙かなる高みに立っていた。地上を覆う雲すら、俺の下に広がっている。山々がこびとのように小さく見える。

空気を吸い込む。胸一杯吸い込む。そして、あらん限りの声で叫ぶ。

「山々よ、聞け！　俺は父親になったんだ！　俺は息子を授かったんだ！」

山々が喜びのあまり、体を打ち振るわせている。俺にはそう見えた。山はすぐにこだまを返してくれた。俺の声が、そして山々の声が、峡谷から峡谷へ伝わっていく。遙か遠方で静かに消えていくまで……。

俺は息子にサマトという名前をつけた。

俺とアセーリアの会話は、息子のことばかりに向けられた。すべてはサマトを中心にまわっていく。若い親なのだから、当然ではないか。

幸せだった。俺とアセーリアはお互いを理解し合っていた。愛し合っていた。満ち足りていた。

ある日、突然、不幸が俺に襲いかかってくるまで……。

挑戦

どう説明したらいいのかわからない。いろいろなものが複雑に絡み合っている。あとから振り返れば、様々なことが理解できるだろう。だが、それが何の役に立つというのか！

問題の男にはじめて会ったときには、まったく想像もしなかった。その後も幾度か顔を合わせることになるとは！　そもそも最初の出会いも、偶然にすぎなかったのである。

晩秋の頃、あるルートを担当することになった。

天気の悪いときに、出発となった。天から、霧雨のようなものが降ってくる。冷たく湿った空気が周囲を覆っていく。雪でもなければ、普通の雨でもない。霧雨というのだろうか。細く冷たい線が大地を打ちつけていく。急な坂道の斜面にも、雪とも雨ともつかぬものが付着していた。ワイパーが休むことなく、左右に動き続けていく。すでに山脈の高いところまで登ってきていた。これからドロン峠に入って行かねばならない。

さあ、行くぞ。ドロン峠、おまえを越えてやる！　巨大な難所よ、おまえを征服してやる！

ここが一番の難所だった。もっとも危険な場所だ。急な斜面が雲の上の高みまで伸びていく。傾斜の激しさは筆舌に尽くしがたい。登るときには、体が座席シートに強く押しつけられる。道を下っていくときには、体が前に投げ出されそうになる。ハンドルを握っているのすら難しい。ましてやハンドルを操るなど、至難の業《わざ》である。

そのうえ、天気が変わりやすい。夏でも冬でも、雹《ひょう》が襲ってきたかと思うと、天井の底が抜けたような雨が落ちてくる。激しい吹雪が荒れ狂い、自分の目の前に置いた手すら見えないこともある。

ドロン峠は、そういうところだった。しかし、天山《テンシャン》山脈に生まれ育った者ならば、ドロン峠にも慣れている。夜に車を走らせようとする者も出てくる。

もちろん、危険であることは間違いない。あとから振り返れば、そのようなことはよくわかる。だが、日々、車を運転して働き続けているときには、深くものを考えられないものなのである。

ドロン峠に入る直前の山峡で、俺は一台のトラックに追いついた。

今でもよく覚えている。ＧＡＺ５１だった。追いつこう。追い抜こう。そんな気持ちはまったくなかった。向こうの車がとまっていただけである。

二人の男がエンジンをいじっていた。ひとりが道の中央まで出てきて、手を挙げた。

こうなれば、車をとめるしかない。すると、男が近寄ってきた。身につけたフード付きのレインコートから、雨がしたたり落ちている。四十歳くらいだろうか。軍人風に短く刈り込まれた茶色の口ひげをたくわえていた。顔にはどこか陰鬱な雰囲気が漂っていたが、落ち着いた目をしている。

「道路管理事務所のところまで連れて行ってくれないか。トラクターを調達しなければならない。エンジンが動かないんだ」

「もちろん、構わないさ。だが、その前に、俺たちだけで何とかしてみないか?」俺は運転席から降りながら、提案してみた。

「いったい何ができると言うんだ。エンジンがまったく動かないんだぞ」

ドライバーがボンネットを閉じながら、不機嫌そうな声を出した。

かわいそうな奴。もう寒くて震えている。きっと、このあたりの人間ではないな。どうにもしようがないと思っている。都会の人間に違いない。それはそうと、どうすればいい。

そのとき、突然ひらめいた。素晴らしいアイデアだ！　自分でそう思った。だが、それを口にする前に、峠のほうに視線を投げかけてみる。空がどんよりと曇っている。雲が低く垂れ込めている。それでも、心に決めた。やるぞ！

「ブレーキのほうの調子は問題ないか?」ドライバーに尋ねてみた。

「冗談はよせ。ブレーキが効かないで走れると思うのか。それに言ったはずだ。エンジンの調子が悪いと」

「ロープはあるか？　牽引用のロープは？」

「何？」

「ロープを車につないでくれ」

信じられない！　二人は驚いた顔つきで俺のほうを見た。

「おまえ、頭がおかしいんじゃないか？」ドライバーのほうが馬鹿にしたような声で叫んだ。何と言われようと、俺の気持ちは変わらない。そういう性格なのだ。うまくいくかなど、わからない。けれども、一度頭に浮かんだことは、すべてを投げ打ってでも、実現する。そのために努力する。

「ロープを車につないでくれ。俺が引っ張る。俺が牽引する。男のプライドに賭けて！」再度、要求した。

しかし、ドライバーはまともにとりあおうとはしない。「無理だ、無理だ。この峠で車を牽引するなど、できるはずがないではないか。誰がやっても、無理に決まっている！」

俺は傷つけられた気がした。馬鹿にされた気がした。心からの願いが冷たく拒否された。そんな気にすらなった。

「臆病者！」思わず口をついて出た。

俺はもう一方の男のほうに顔を向けた。あとでわかったことだが、彼は道路管理事務所の責任者であった。この男は俺の顔を見据えてから、ドライバーに命令した。「ロープを持ってこい！」

「バイテミール、責任はあなたがとってくださいよ」

「ここにいる全員に責任がある。三人ともが責任を負うんだ！」男が短い言葉で切り返した。気に入った。このようなことを言う人間には、敬意を払わねばならない。

その後、すぐに出発となった。滑り出しは順調だった。何も問題はない。

けれども、いよいよドロン峠にさしかかる。急斜面の道をたどって山を登っていく。エンジンがうなり声をあげはじめる。エンジンの泣き声と言ってもよい。耳につく音が響いてくる。エンジンよ、おまえの性能をすべて引き出してやる。能力を発揮しろ。さもないと、笑い者になってしまうぞ。

以前から気づいてはいた。峠の道を走るのは難しい。エンジンに大きな負担がかかる。だから、ドロン峠を越えるルートのときには、荷台一杯に荷物を積むことはない。通常の七割も積めば、多い方だ。

当然、車を牽引している最中に、そのようなことを考えていたわけではない。何しろ、俺の心の中から、激しい力が沸いてきていた。押さえることのできない力だった。名誉欲のようなものと言えるだろうか。スポーツで勝利をおさめようとする野心と表現してもよい。意地を見せたかった。二人を助け、車を相応しい場所まで運びたい。しかし、とてつもなく難しいことだった。

車が激しく揺れる。いつ壊れてもおかしくない。雪がフロントガラスに張りついて離れない。ワイパーだけが絶え間なく動き続ける。

雲が忍び寄ってくる。路面とタイヤの間に入り込み、車に巻きついていく。鋭いカーブの隣で、深い谷が大きな口を開けている。内心は穏やかでない。つらかった。苦しかった。いつ命を失ってもおかしくない。疲労も募ってくる。帽子をかなぐり捨てた。キルティングの上着も脱ぐ。その下のジャケットやセーターも投げ捨てる。シャツ一枚でハンドルを操っていく。それでも、汗がしたたり落ちる。サウナの中にいるように、全身が汗に包まれていく。

自分でも荷物を積みながら、別の車を牽引して、険しい道を進んでいく。たやすいことではなかった。全身全霊でことにあたらねばならない。

救いは、バイテミールだった。俺の車の踏み台《ステップ》に立ち、俺と別の車のドライバーに指図を与えてくれていた。実に危険きわまりない仕事だ。急な坂道を登るときには、振り落とされかねない。それでも、車のドアの横に立ち続け、的確な指示を与えていた。その姿は高く飛翔する前の鷹を思わせた。

俺はバイテミールの顔を覗いてみた。落ち着いた表情をしている。水滴が頬からしたたり落ちている。それでも、穏やかな目をしていた。

安心した。この男がいるなら、大丈夫だ！

もう少しだ。急な上り坂があと一つだけだ。これを越えれば、ゴールまでわずかだ。さあ、行こう。

そのとき、バイテミールが大きな声を出した。

「気をつけろ！　前を見ろ！　車がくるぞ！　もっと右によれ！」

すぐに指示にしたがった。トラックが一台こちらに向かってくる。あれは、ジャンターイの車だ。事務所のエンジニアは怒るだろうな。ジャンターイはおしゃべりだからな。告げ口するに決まっている。なぜかそんなことが頭に浮かんできた。

ジャンターイの車が近づいてくる。間近に迫ってくる。轟音を立てながら、坂道を下ってくる。間一髪だった。ぎりぎりですれ違うことができた。ジャンターイは首を横に振りながら、走り去っていった。告げ口したければ、勝手にしやがれ！

最後の急な坂も克服した。急な下り坂を一つ降りれば、あとは平坦な道しかない。すぐに管理事務所にたどり着いた。

俺はやり遂げた！

エンジンをとめると、突然何の音も聞こえなくなった。耳が聞こえなくなったのではないか。自然が沈黙したのか。そんな気がした。車から外に出てみたが、腕が震えている。息も苦しい。疲れていた。しかも、こんな山の上では空気も薄い。

バイテミールがジャケットを俺の肩にかけてくれた。そのあと、帽子もかぶせてくれた。後ろの車のドライバーもよろめきながら、こちらに歩いてきた。顔が青い。怖かったのだろう。ドライバーが黙って煙草を一つ差し出してきた。俺は一本受け取ったが、手がまだ震えていた。三人でしばらく煙草を吸っていたら、ようやく落ち着いてきた。

あらためて俺は感じた。何というすごいことをしたんだ！　何という力が俺にはあるんだろう！

「よくやったもんだ！」俺は勝利の気分に酔いしれた。そして、ドライバーの肩を叩いた。すぐに三人でお互いの肩をたたき合い、大きな声で笑い合った。

しばらくして落ち着いたが、三人とも煙草をもう一本くゆらせた。それも終わると、俺は時計に目をやりながら、自分の荷物を集めた。「もう出発しなければいけない」

バイテミールが眉をひそめた。

「もう行ってしまうなんて、許されないぞ。今日はもてなさせてもらうぞ」

何と言われようと、もう出発しなければならない。

「お気遣いは、感謝するよ。でも、駄目なんだ。急いで家まで帰らねばならないんだ。妻が待っているんだ」

今度はドライバーのほうが声をかけてきた。「本当に行ってしまうのか？　ここに残れよ。酒を酌《く》み交わそうじゃないか！」俺を友人と見なしてくれたらしい。

「よせ！」新しき友の言葉をバイテミールが遮《さえぎ》った。「聞いただろう？　奥方が待っているというんだ。行かせてやろうじゃないか。本当に世話になった。感謝する。最後に名前だけ聞かせてくれ」

「イリアスだ」

「グッドバイ、イリアス。ありがとう。助かったよ」

管理事務所の庭から道路に出るまで、バイテミールは車の踏み台《ステップ》のところに乗ってついてきた。道路に出たところで、踏み台から飛び降り、手を振った。

坂道をかなり登ったところで、後ろを振り返ってみた。すると、バイテミールがまだ道路に立っている。帽子を手に持ち、頭を下げている。何かを深く考えているように……。


これがバイテミールとの最初の出会いだった。

アセーリアには詳しいことは話さなかった。車を走らせていると、見知らぬ人にとめられた。困っていたので、助けた。それしか語らなかった。いつもはアセーリアにすべてを包み隠さずに話している。隠し事をしたことなどない。けれども、向こう見ずな冒険をわざわざ伝える必要はない。冒険は自分の胸だけにしまっておきたかった。それに、アセーリアはいつも俺に気を遣っている。これ以上、心配させたくはない。そもそも、あんな冒険をもう一度繰り返そうとは思っていなかった。

俺はドロン峠で自分の力を試した。それで十分だった。

次の日にはすべてを忘れていただろう。もし風邪をひいて床に伏せなければ……。

帰り道に風邪をひいたらしい。悪寒が襲ってきたので、横になった。

意識がもうろうとしてきた。夢の中で、俺はもう一度ロープで別の車を牽引し、ドロン峠を走った。吹雪が顔に吹きつける。冷たさで顔が焼けるような感じがする。息をするのも苦しい。ハンドルが綿に包まれたように白くなっていく。そのハンドルを冷たい手で操っていく。目の前には、峠のうねった道が広がる。起伏も激しい。遠い果てまで道が続いている。終わりがないように見える。車が坂道を登っていく。天に昇っていくように。エンジンのうなり声を聞きながら、少しずつ天に近づいていく。頂《いただき》にたどり着いたと思った次の瞬間、深い谷に急降下しなければならない。深淵に落ちていくのである。

病気は悪化し、命すら危ぶまれた。しかし、三日後には病状が好転した。さらに二日の時が過ぎる頃には、かなり回復した。床から立ち上がりたい。そう思ったが、アセーリアが俺をベッドに押しとどめた。

アセーリアを見たとき、驚いてしまった。俺ではなく、アセーリアが病気だったのではないか。それほどやつれていた。本当に、骨と皮しかないように思われた。眠れなかったのだろう。目のまわりには黒い縁もあった。そよ風が吹いても、体ごと飛ばされてしまいそうだった。そうだ。俺だけではない。アセーリアは子どもの面倒も見なければならなかったんだ。アセーリアに気分転換をさせねばならない。俺は立ち上がり、服を着はじめた。

「アセーリア！」息子を起こさないように、小さな声で呼んだ。「サマトはお隣さんに預けて、二人で映画を観に行こう」

アセーリアがこちらによってきたが、俺をベッドまで引っ張っていき、俺の顔を見つめてくる。涙をこらえようとしている。でも、抑えきれないのだろう。くちびるが震えている。涙が頬をつたい流れ落ちていく。そして、涙で濡れた顔を俺の胸に埋めてきた。

「どうした？　アセーリア」

「嬉しいの、あなたが元気になってくださって」

「元気になれて、俺も嬉しい。それに、家にいられれば、サマトとも遊べる」息子はまだ歩けなかった。二本の足で立ち上がろうと努力しているところだった。可愛い年頃である。「病気になるのも悪くないな」

「やめて！　そんなことを言うのは、やめて！」

このとき、息子が目を覚ました。アセーリアは息子をベビーベッドから抱き上げ、俺のところに連れてきた。息子を床におろすと、息子がはいはいで動き回る。あちらに行ったかと思うと、別の方向に行く。俺とアセーリアはそれについていく。賑やかで楽しい時だった。

「楽しいな！」俺はアセーリアに語りかけた。「こんなに楽しいんだ。悲しい顔なんかするな。それより、近いうちに村《アイール》へ行って、おまえの両親に会うことにしよう。孫の顔を見れば、嬉しくて嬉しくてすべて許してくれるさ」

本気で計画していた。村《アイール》に赴いて、許しを請おう、と。アセーリアの両親は俺たちのことで大きなショックを受けていた。知人を通じて、俺たちに伝えてきていた。アセーリアの行動は決して許さない。便りも何もいらない。もう娘だとは思わない……。

それでも、俺たちは希望を持っていた。サマトを連れて村《アイール》に出向き、許しを請えば、うまくいくはずだ。

けれども、その前にまずは休暇を申請しなければならない。旅行の準備も大変だ。大がかりなものにならざるを得ない。親戚全員に土産物を買わねばならない。手ぶらで出向くなど、許されるはずがない。すぐに出発するのは難しい。

天山山脈《テンシャン》

やがて冬が訪れた。

天山山脈《テンシャン》の冬は厳しい。雪も多い。当然、雪崩《なだれ》も頻繁に起こる。ドライバーにとっては、つらい季節である。だが、ドライバーよりも、道路の管理者のほうが大変かもしれない。雪をかき分けて、道路をきれいにしなくてはならないのだから。雪崩の危険の高い、雪の吹きだまり——それをあらかじめ爆破しておく必要もある。道路を通行可能なものにするために、様々な措置を講じなければならないのである。

ただし、この年の冬は穏やかだった。というより、天気のことなど気にする暇がなかったのかもしれない。仕事が多かった。しかも、予定外の新たな仕事も入ってきて、これもこなさなければならなかった。いや、正確に言おう。俺たちドライバーは自ら志願して、その仕事を引き受けたのである。一番はじめに手を挙げたのが、俺だった。そのことを悔いてはいない。今でも、後悔などしていない。

しかし、ここから不幸がはじまった……。

ある日の夕方のことである。事務所に戻ってきたあと、アリベック・ジャントゥーリンの家に立ち寄ることにした。アセーリアから荷物を預かってきたのである。お裾分けか何かであろう。到着すると、家の中からアリベックの妻が出てきた。彼女は荷物を受け取ると、至急の電報の話を教えてくれた。大がかりな建築に必要な機材が予定より早く必要になった。至急、機材を送ってほしい。中国人の労働者たちが電報でそう要求しているのだという。

「それで、アリベックはどこにいるんだ?」

「貨物の駅に決まっているわ。機材はもう駅に揃っているの。電車も到着しているらしいわ」

俺は駅へ向かうことにした。貨物の駅は湖に面した入り江のようなところにある。線路もこれ以上先には続いていかない。周囲は闇に深く沈んでいる。激しい風がわずかな街頭を揺らし、入り口のところの雪を吹き飛ばしていく。

機関車が到着していた。待避線の上では、クレーンの腕《ジブ》が右に左に動いて、大きな箱を機関車からトラックに積み替えている。新郷《シンシャン》に運ぼうというのである。新郷の建設現場はかなり大がかりなものらしい。すでにたくさんの機材を運び終えているのだが、それでも足りないというのだから。

駅の横には、まだ荷を積んでいないトラックが数多く並んでいた。

どうしたんだ。何かを待っているのか。これから何か到着するというのか。たいていのドライバーは運転席や踏み台《ステップ》のところに座っていた。中には、大きな箱の側に立って、箱を風よけに使っている者もいる。俺が挨拶しても、挨拶を返してくれた人間はごくわずかだった。大半のドライバーは黙って煙草を吸っていた。

アリベックを見つけることができたので、走って駆け寄った。

「いったい何があったんだ？　電報がきたそうだが……」

「ああ、そうだ。あいつら、予定より早く機械を稼働させたいんだとさ」

「それで、どうするんだ？」

「何とかするさ。僕たちの力で。箱がたくさんあっただろう？　あれが、もっともっとくるんだ。それを全部運ばなければならない。向こうでは、皆が機材を待っている。僕たちのことを信頼して待ち続けているんだ。一日も無駄にできない。あっちでは、一日一日が貴重な時間なんだ」

「なるほど。だが、何でよりによって俺にそんなことを言う？　俺と何か関係があるのか？」

「関係があるのかだって？　どこに住んでいるつもりなんだ？　それとも、まだわからないのかい？　僕たちの力で何とかするしかないということが！　何とかするんだ！」

「あれをか？　まともじゃないぞ！」俺はアリベックから離れた。

まわりを見ると、車置き場の主任のアマンジャロフも到着していた。ドライバーのひとりに火を借りて、煙草に火をつけている。手をかざして、強い風で火が消えないようにしていた。そのあとで、俺たちのほうに体を向けた。

「それじゃあ、お役所に電話をかけてみるよ。車をまわしてくれればいいんだがな。オレたちの車だけでは、足りないからな。でも、難しいだろうな、まわしてもらうのは。やはりオレたちだけで何とかしなければならないだろう。さて、どうしたものか」

「大変な仕事ですよ！」ドライバーのひとりから声があがった。「こんなに大きな箱だと、一度に二つか三つしか運べません。夜も寝ないで運んでも、春までかかります」

「そうだが、早く運ばなければならないんだ。ともかく、今夜は家へ帰るとしよう。家に戻れば、何かアイデアを思いつくかもしれない」

アマンジャローフがそう応えると、ジープに乗って走り去ってしまった。残ったドライバーたちは誰も、家へ帰ろうとしない。暗闇の中から低音の声が響いた。

「わかりきったことだ。一匹の羊の毛皮から、二人分のコートをつくることはできない。当然ではないか。はじめからわかりきったことだ！」そう吐き捨てると、煙草を足でもみ消し、自分の車に乗り込んだ。

別のドライバーも同じ考えだった。「まったくその通りだ。無理に決まっている。それにしても、あいつら、困るたびに俺たちドライバーに頼みにくる。何とかしてくれ、と。いつもそうだ」

たしなめる声もあがった。「俺たちの国と彼らの国は兄弟ではないか。違うかい、イスマエル。兄弟として助け合おうではないか」

俺はこの議論に参加していなかった。しかし、突然、ひらめいた。そうだ。俺があのときやったようにすればいいんだ。後ろに一台車をつないで、ロープで牽引すればいいんだ。俺は興奮した。こうなると、いつものように一つのことしか考えられない。そうだ、牽引すればいいんだ！

俺は大きな声をあげた。「考えるほどのことはない。簡単だ。トレーラーを結びつけて、それを牽引すればすむことだ」

あたりが静まりかえった。誰もその場を動こうとしない。何も言わない。俺のほうに視線を向けることすらしない。たわごとだ。馬鹿の独り言だ。皆、そう思っているようだった。

ジャンターイのものらしい口笛が聞こえた。

「おい、聞いたかい？」ジャンターイの声だ。間違いない！

よし、ジャンターイも知っているはずだ。あのときのことを皆に聞かせてやろう。

そのとき、背の高い男が手袋を脇に投げ捨てたあと、俺のほうに近づいてきた。俺の首に手をまわしたかと思うと、自分のほうにぐいっと引き寄せた。顔と顔が触れそうになる。

「俺に息を吹きかけてみろ！」大男が俺にそう言うので、男の顔に息を吐き出してやった。

「何だ？　酔ってないのか？　しらふであんなこと言ったのか？」男が驚いた様子を見せた。

「しらふであんなことを言ったのなら、ただの馬鹿だ！」大男の友人が吐き捨てた。そのあと、二人とも自分の車に乗り込み、走り去っていった。残りの者たちも何も言わずに立ち上がり、家路につこうとした。

「待て！　なぜ帰ろうとする。俺は真面目に話しているんだ。真剣なんだ。トレーラーを引っ張ればいいんだ！」

老人のドライバーのひとりが俺のほうに近づいてきた。同情の眼差しで俺を見ている。俺を憐れんでいるらしい。

「わしはおまえがまだ小さい頃から運転手をしている。坊主、天山山脈《テンシャン》はダンスホールなんかではないぞ。トレーラーとダンスなどできぬ。かわいそうな奴だ。笑いものになるようなことを言うな」

あざけりの視線を浴びせながら、ドライバーたちが自分の車に戻ろうとした。俺は我慢できず、大きな声で叫んだ。「臆病者！　おまえたちなんかドライバーじゃない！」

軽率な言葉だった。一斉に非難の声があがった。

「本気で考えているのか。たくさんの人の命を危険にさらすんだぞ」

「目新しいことを言って、ボーナスでももらおうという魂胆かい？」ジャンターイの声だった。すぐにわかる。

しかし、ジャンターイだけではなかった。大勢のドライバーが俺の意見をまともにとりあおうとしなかった。俺は皆に取り囲まれた。俺を殴るつもりなのだろう。覚悟した。

「やめろ！　何をしている！」誰かが大きな声で誰かが皆の間に割って入った。アリベックだった。

「落ち着け！」アリベックの声が周囲に響き渡る。「よし！　冷静に議論をするぞ。さあ、イリアス、自分の考えを主張したまえ。ただし、短く要点をかいつまんで説明してくれ！」

「これ以上、何を話すことがある？　俺はこの間、荷物を満載した車を牽引してドロン峠を越えた。それだけだ！」

まわりのドライバーたちは何も答えようとしない。信じていないらしい。

「本当に、トラックを牽引したのか？」ひとりがようやくいぶかしげな声を出した。

「もちろんだ。ドロン峠を越えて、管理事務所までトラックを引っ張った！」

「嘘つきめ！」誰かが叫んだ。

「でっちあげもいいかげんにしろ！」別の人間の声があがった。

「何を言う！　俺は嘘なんかついていない。ジャンターイも見ていた。おい、ジャンターイ。こいつらに言ってやれ！　俺が峠で他のトラックを引っ張っていたことを！　俺とすれ違ったときのことを言ってやれ！」

ところが、どうしたことか、ジャンターイの姿がどこにも見えない。地面の下にのみ込まれたように姿を消している。しかし、そんなことはもう重要ではなかった。激しい議論がはじまっていた。俺の主張に与《くみ》する者もわずかだが出てきた。だが、疑い深い人間が激しい口調で、俺の意見を退けようとする。

「つまらぬ議論で時間をつぶすのはもうやめようではないか。一度はうまくいったのかもしれない。イリアスの言う通りかもしれない。けれども、一度うまくいったからといって、いつもうまくいくとは限らない。一度しか成功しないことなど、世の中には数え切れないほどある。そもそも、このあたりの道路では、トレーラーを牽引することは禁じられているではないか！この禁止を解くことは誰にもできない。禁止を解きたいのなら、やってみればいい。大目玉を食らうぞ。わかったか！」

「くだらん！」力強い声が響いてくる。誰かが異議を唱えようとしているらしい。「禁止されている？それが何だっていうんだ。イワン・ステパノヴィッチのことを思い出せ。一九三〇年にはじめて一・五トントラックでドロン峠を越えたではないか。彼は許可なんかもらわなかった。自分で決め、自分の力だけでやり遂げたんだ。今でも生きているイワン・ステパノヴィッチが！」

「その通りだ！」イワン・ステパノヴィッチが同意してくれた。「だが、今は冬だ。夏でもやったことのないことを冬にやる。それは少し難しいだろう」

それまで黙っていたアリベックが、ここで口を挟んだ。

「もう十分だろう。危険な仕事であるのは間違いない。よく考えてみなければならない。イリアス、今すぐ出発というわけにはいかない。十分な準備をして、慎重にことにあたらねばならない。議論も必要だろう。何よりも、テストしてみなければならない。試運転が必要だ」

「俺がやる！　おまえたちはここで腕組みをしながら、待っていればいい。俺がやってやる！　俺が証明する、トレーラーを牽引して峠を越えられるのを！」

誰にも意地があるだろう。意地を通したいときもある。それが災難を招く結果になっても……。

俺は運転席につき、ハンドルを握り、車を発進させた。しかし、車を運転していることなど実感できなかった。道路を走っていることも、感じなかった。心の中で、激しい感情が渦巻いていたのである。痛みも感じる。苦々しさも感じる。侮辱された！　馬鹿にされた！　強い怒りも込み上げてくる。プライドが疼《うず》く。考えれば考えるほど、強く願わざるを得ない。傷つけられた誇りを取り戻したい！　俺は示してやる。この身で証明してやる。男の言葉を信じないというのがどういうことなのか！　男を嘲笑するとどうなるのか！　絶対に教えてやる！　臆病者たちにわからせてやる！　アリベックの言うことは正しいのだろう。よく考え、入念な準備を施し、試運転をする。実に利口だ。用心深く利口なやり方だ。だが、俺のやり方は違う。よく考える必要はない。すぐに出発だ！　そうするしかないではないか。

ガレージに車を納めてからも、感情が静まらない。一つのことしか考えられない。トレーラーを牽引してやる！　ドロン峠を越えてやる！　絶対に！　誰かからトレーラーを借りねばならない。

事務所の中庭を歩いているときにも、同じことを何度も考えていた。もう夜もかなり更けていた。管理ルームの部屋にだけ、まだ明かりが灯っている。俺は思わず立ち止まった。そうだ！　カディーシアだ！　カディーシアに助けてもらおう。彼女の今日のシフトは……。まだ働いているはずだ。カディーシアなら、俺の願いをむげに断ったりしないだろう。俺は何も犯罪を犯そうというのではない。皆に役立つことをやりたいだけだ。俺を助けてくれるに違いない！

管理ルームに着くと、ふと思った。ドアを開けて部屋の中に入っていくのは久しぶりだな。カウンター越しに話してばかりだ、最近は。一瞬迷ったが、勢いよくドアを開けた。すると、カディーシアが目の前に立っていた。

「ちょうど君のところに行こうと思っていたんだ、カディーシア」

「もう仕事は終わりよ」

「それなら、家まで送っていくよ」

この申し出にカディーシアは驚いたらしい。いぶかしそうな目でこちらを見た。しかし、ほほえみながら、「ありがとう」と応えてくれた。

事務所を出ると、周囲は深い闇に沈んでいた。湖からは、波音も聞こえてくる。冷たい風が吹いている。体が冷える。痛いと言ってもよい。カディーシアは俺の腕を取り、体の体に寄り添い、風から身を守ろうとした。

「寒くないか？」と尋ねてみた。

「あなたと一緒だから、寒くなんかないわ」カディーシアが少しおどけた口調で言葉を返した。

あれほど沸き返っていた俺の心の中も、少し落ち着いてきた。

「明日の仕事は何時からだい、カディーシア」

「第二シフトよ。でも何でそんなことを訊くのかしら？」

「とても重要な話がある。カディーシア、君次第なんだ。君がすべての鍵を握っている」

俺は自分の考えをカディーシアに聞かせた。最初、カディーシアはまともにとりあおうとしなかった。だが、そんなことでひるむような俺ではない。何としてでも説き伏せるつもりだった。

「イリアス、無理よ」カディーシアの言葉には、俺への気遣いも感じられた。

絶対に同意してもらうつもりだった。そして、最後にはカディーシアが折れることも知っていた。俺はカディーシアの手を取った。

「俺を信じてくれ。カディーシア、俺を信じてくれ。絶対にうまく行く！　トレーラーの件、約束だぞ！」こう言いながら、思わずカディーシアを抱きしめてしまった。そのあと、カディーシアと握手を交わそうとした。「それじゃあ、明日頼むぞ。夕方までに、書類を全部用意しておいてくれ」

「そんなに急ぐの？　どうして？」カディーシアは俺の手を離さずに疑念を差し挟んだ。しかし、そのあと急に手を振りほどき、言った。「さあ、ここまででもういいわ。もう戻って。今日は寮に戻るのかしら」

「そのつもりだ」

「お休みなさい」

次の日には、車の整備検査があった。ドライバーたちは神経質になっていた。検査官たちはいつも嫌なときにやってくる。いつも文句を言っては、次々と書類に書き留めていく。面倒な奴らだ。検査官のほうは何があってもうろたえない。黙々と、仕事をこなしていく。

俺だけはまったく心配していなかった。大事な挑戦を控えているんだ。俺の車に問題があるはずがない。それでも、他の人間から少し離れた位置で、車を整備する振りをしていた。カディーシアが仕事をはじめる時間になるまで、ここにとどまるつもりだ。何もやらないのでは、手持ちぶさただ。昨日のことで俺に話しかけてくる奴はいなかった。皆、頭の中は検査のことで一杯に違いない。はやく検査を終わらせ、出発したいのだろう。皆、昨日のことは忘れているのかもしれない。が、俺は違う。昨日の侮辱への怒りがまだくすぶっていた。

お昼頃になって、俺の車の順番になった。検査が無事終わり、検査官が立ち去ると、俺の周囲が急に静かになった気がした。

このときになって中庭の奥のほうを見ると、トレーラーが幾つか置いてあったのに気づいた。国内の貨物輸送に使われていたものらしい。四つの車輪がついた普通のトレーラーを選ぶことにした。やってやるぞ！　俺はこのとき知らなかった。まだ知らなかった。どんな運命が待ち構えているのかを！

俺はゆっくりと寮まで歩き、栄養豊かな昼食をとった。そのあと、少しばかり眠ろうと思った。これから困難な道のりが待っている。エネルギーを蓄えねばならない。けれども、眠ることなどできなかった……。

太陽が傾きかけた頃に、車庫に戻った。

カディーシアが待っていた。準備万端、すべてが整っていた。カディーシアからさっそく運行命令書を受け取り、自分の車に急ぐ。これからあいつらに証明してやる！

車をガレージから外に出し、トレーラーとしっかり連結する。エンジンをかけ直す。まわりを見回しても、誰もいない。修理工場の機械の音と湖の波の音だけが聞こえてくる。空には雲も見えなければ、星も見えない。エンジンの音が聞こえてくる。その音に俺の心臓の鼓動のリズムが重なっていく。俺は煙草に火をつけたが、すぐに捨ててしまった。あとでいくらでも吸う機会がある。

事務所の敷地を出るところで、守衛が声をかけてきた。

「待て！　どこへ行く?」

「貨物の集積場までだよ。ほら、運行許可書も運行命令書もあるよ」

年老いた守衛は書類に顔を近づけたが、懐中灯の光だけでは読みにくいようだった。

「もう行かせてくれ。急ぎの仕事なんだ」俺は苛立ちの声をあげた。

貨物の集積場では、すべてがスムーズに運んだ。驚いたことに、誰も俺に何も言ってこない。集積場から道路に出たところで、俺は煙草に火をつけた。体を調整して運転しやすい姿勢をとると、ワイパーを点検する。そして、アクセルを踏む。

周囲の闇が揺れていく。道路には誰の車も走っていなかった。俺を妨げるものは何もない。猛スピードで駆け抜けていってやる！

アクセルをさらに強く踏み込む。トレーラーの揺れを最初はほとんど感じなかった。もちろん、カーブのときに車線を維持するのは大変だ。センターラインを少しオーバーしてしまう。それを戻すのには、少し骨が折れる。俺は自分に言い聞かせた。トレーラーを牽引するのにまだ慣れていないだけだ。すぐに慣れる。待っていろ、ドロン峠。おまえを征服してやる！　待っていろ、新郷《シンシャン》。おまえのところまで駆けつけてやる！　自分を勇気づけ、ハンドルを握り直し、前屈みになる。早く前へ進みたかった。道路が平坦な間に時間を稼ぎたかった。よし、いいぞ。このままなら、夜の十二時頃にはドロン峠を攻められる！　予定よりも早く到着しそうだ。

しかし、山に入った途端、ペースが落ちた。用心深く運転しなければならなかった。エンジンは積み荷の重さに耐えられそうだ。だが、坂道では運転がきつい。登りも苦しいが、下りのほうが遥かに難しい。トレーラーが左右に揺れ、牽引する俺の車をあらぬ方向に動かす。ギアを変え、ブレーキを踏み、ハンドルを左右に切っていく。休む暇もない。絶えず、車を立て直さなければならない。はじめは、気づかない振りをしていた。だが、長い時間運転していくと、不安を覚えていることを自分にも否定できなくなっていく。この道には坂の登り下りがいったいどれくらいあるのだろうか。誰も数えたことがないだろう。それを越えてドロン峠まで行かねばならない。しかし、気力が萎えたわけではない。自分に言い聞かせていた。ここを堪えて、ドロン峠の手前まで言ったら、少し休憩することにしよう。短い時間、眠ってもいい。とりあえず、あそこまで頑張ろう。それに、この間も、俺はトラックを牽引してドロン峠を越えたんだ。少しばかり冬が深まったからと言って、できないわけがない。ヘッドライトの照らし出す光が暗い岩肌を滑っていく。その岩肌からは、雪に覆われた岩の破片が今にも落ちそうになっていた。破片が落ちてきた。そう思ったが、フロントウィンドウに張りついた。それから、ゆっくりと下に滑り落ちていく。雪が降ってきたのだ。特別な雪ではない。それでも、道路を湿らせるのは間違いない。これで完璧さ。申し分のない舞台だ。俺は腹を立てながら、そう言ったあと、ワイパーのスイッチを入れた。

ようやくドロン峠の最初の坂が目の前にあらわれた。エンジンが音を強く響かせる。信頼に足る音色に聞こえる。単調ながら力強いうなり声が路面に沿って暗闇の中を登っていく。ほどなくして、高みに達した。そのあと、長い下り坂に入った。エンジンが鈍い音を立て、すぐに車が横滑りをはじめた。運転席に座っていても感じることができた。背後のトレーラーが荒々しいダンスを演じながら、運転席に近づいてくる。車とトレーラーの連結ポイントがきしむ。背筋に旋律が走る。腕にも鈍い痛みを感じはじめた。ブレーキをかけても、タイヤに思うように伝わらない。湿った雪の上でタイヤがあらぬほうに滑っていく。車が揺れ、ハンドルから手が離れてしまう。気がつけば、道路の中央で車が斜めになっていた。ハンドルを力任せに切りながら、ようやく切り抜け、最初の下り坂を終えた。

車をとめると、体中の力が一挙に抜けていった。もうこれ以上先に進めない。そう思えてきた。エンジンのスイッチも切ってみた。両手から感覚が失せている。息も荒々しいものとなっている。座席シートに寄りかかりながら、呼吸が整うのを待った。落ち着いてくると、煙草を取り出し、火をつけた。窓の外は一面深い闇に沈んでいる。不気味な静けさに包まれているが、風の音だけがフロントガラスを通じて伝わってくる。

これから待ち構えている道のことは考えなかった。いや、考えようとしなかったと言ったほうが正しいだろう。ここからは急なカーブが続く。勾配も厳しい。エンジンに大きな負担がかかる。ハンドルを握る両手も、つらい。しかし、後戻りはできない。前へ進むしかない！

いつしか雪が強くなっていた。

進むんだ。それしか道はない。俺はエンジンのスイッチを入れた。うなり声をあげながら、車が坂道を登りはじめる。俺は歯を食いしばりながら、カーブを次から次へとクリアしていく。息つく暇もない。ようやく坂道を登り詰めたかと思えば、次は急な下り坂が待っていた。急な坂道で車を操るのは、とてつもなく難しい。しかし、何とか下り終えた。

ここから管理事務所へ曲がる交差点までは、平坦な道が続く。そこまで行けば、最後の坂道が控えているだけだ。

四キロに及ぶ平坦な道を全速力で駆け抜けた。上り坂に入っても、速度を緩めない。力強く登りはじめた。けれども、徐々に勢いが弱まってくる。エンジンのパワーが足りなくなってきた。速度が目に見えて落ちている。俺はギアを落とし、エンジンの力を甦らせようとした。セカンドギアに入れてみた。駄目だ。パワーが足りない。最後には、ローギアに落とした。体が背後のシートに強く押しつけられる。だが、ハンドルを離すわけにはいかない。雲の隙間から、一瞬星が見えた。そう思った瞬間、車が突然前へ進まなくなった。タイヤが空回りしているらしい。タイヤと一緒に車体が横に滑っていく。アクセルを力一杯踏み込んだ。あらん限りの力を右足に込めた。

「動け！　もう少しだ！　頑張れ！　動け！」自分でも聞いたことのない声で、車に向かって叫んだ。

エンジンが長いうなり声をあげた。しかし、カタカタという音に変わったかと思うと、完全に停止してしまった。

車が背後に滑り落ちていく。ブレーキも役に立たない。いくら踏んでも、後ろ向きに坂を下っていく。そのうえ、トレーラーの重みで、滑り落ちていくスピードが増していく。

突然、激しい衝撃が襲ってきて、車が停止した。岩に衝突したらしい。周囲が急に静かになった。俺はドアを開け、後ろを見た。何てことだ！　トレーラーが岩にぶつかり、その勢いで道路の側溝にはまり込んでいる。抜け出せそうにもない！　ちくしょう！

絶望に駆られた。無理だと思いながらも、もう一度エンジンのスイッチをひねってみる。タイヤが溝の間で空回りをはじめ、車が揺れはじめる。しかし、その場から動かない。俺は車から飛び出して、トレーラーのところまで走っていった。タイヤが溝に深く入り込んでいる。どうすればいい？　どうするんだ？　怒りに任せてタイヤを両手で持ち上げようとしてみた。だが、動くはずがない。肩に乗せて持ち上げようとしてみた。体中の筋肉を強《こわ》ばらせ、獣のような叫び声をあげ、力を入れた。それでも、駄目だった。急に体中の力が抜けた、前へ倒れてしまった。両手を雪の中に入れ、冷たさを感じながら、泣いた。怒りで涙が流れた。悔しくて涙が落ちてくる。

ようやく体を起こすと、よろめきながら車に戻り、踏み台《ステップ》のところでうずくまった。

そのとき、遠くからエンジンの音が聞こえた。徐々にこちらに近づいてくる。ヘッドライトの光が山を登ってくる。誰が運転している？　こんな時間にどこへ行く？　まったくわからなかった。だが、怖かった。俺をつかまえようしているのではないか。恐ろしかった。人目を忍ぶようにしてトレーラーまで急ぎ、連結器をはずした。そのあと、大急ぎで運転席に戻り、車を急発進させた。トレーラーを側溝に残したまま、その場を立ち去った。

よくわからない不安が追いかけてきた。トレーラーが追いかけてくるような気がする。今にも車に追いついてくるように思えてならない。全速力で車を走らせた。事故が起きてもおかしくなかった。が、道を熟知していたので、何とか切り抜けることができた。

明け方頃、積み替え場に到着した。家の前までくると、何も言わずドアを叩いた。ドアが開くと、アセーリアのほうを見ずに、家の中に入っていた。喘《あえ》ぎながら、何か湿っぽいものの上に腰を下ろした。気がつくと、洗濯したばかりの衣服が椅子の上にあった。そんなことに構わずに、ポケットをまさぐり、煙草を探した。車の点火《イグニッション》キーをつかんでしまったので、ポケットから取り出し、壁へ投げつけた。そのあとは力が抜けてしまった。打ちひしがれ、うなだれた。アセーリアが不安げな様子をしている。しかし、アセーリアに何を言えばいい？　アセーリアは床からキーを拾い上げ、テーブルの上に置いてくれた。

「お風呂に入りますか？　昨日の夕方から準備してあります。いつでも入れます」落ち着いた声でアセーリアが話しかけてきた。一生懸命、声を抑えているのが伝わってくる。俺はゆっくりと頭をあげた。アセーリアが震えながら、俺の前に立っていた。シャツしか着ていない姿で、細い腕を胸に押しあてている。心配そうな、それでいて思いやりのある目で俺を見ている。

「ドロン峠までトレーラーを牽引して行ったんだが、側溝に張り込んでしまって、そのままにしてきた」抑揚のない声で話した。自分の声なのに、見知らぬ声のような気がする。

「どんなトレーラーですか？」アセーリアはすぐには事態を飲み込めなかった。

「薄い鉄板でできたやつだ。緑の線が入っている。登録番号０２―３８！　だが、それがどうしたというんだ。どんなものでも関係がない！」俺は興奮して、大声で怒鳴った。「それを俺は盗んだんだ。わかるか？　盗んだのと同じことをしたんだ」

アセーリアは小さな驚きの声をあげた。「盗んだのですか？　トレーラーを？　盗んだというのですか？　いったいどうして、そんなことをしたのです？」

「どうして？　そんなこと関係があるか！」アセーリアの問いは俺をいっそう苛立たせた。

「俺はトレーラーを引っ張ってドロン峠を越えたかった。それだけだ。簡単だ。俺はわからせてやりたかったんだ、俺が正しいということを！　俺を笑い者にした奴らに、わからせてやりたかったんだよ！」

俺は両手で顔を覆った。しばらく沈黙が支配した。やがてアセーリアが断固たる調子で立ち上がり、服を身につけはじめた。

「どうしてじっと座っているの？」アセーリアが強い調子で尋ねてきた。

「俺に何ができるというんだ？」

「事務所に行くのよ」

「どの面下《つら》げていく？　トレーラーもなしに」

「説明するのよ、すべてを説明するのよ」

「できるはずがない！」俺は興奮して、部屋の中をぐるぐるまわりはじめた。「トレーラーなしに、事務所に行くだと？　謝るだと？　俺が間違っていましたと謝れだと？　ひざまずいて許しを請えだと？　できるはずないじゃないか！　あいつらが俺をどうにかしたいのなら、勝手にすればいい。それだけだ！」

俺が大きな声をあげたので、幼い息子が目を覚まして泣きはじめた。アセーリアが抱えあげたが、いっそう激しく泣き出した。

「臆病者だわ、あなたは」アセーリアの低いけれど、しっかりとした声が響いた。

「何だと！」自分で何をしようとしたのかわからなかったが、思わず拳をあげたらしい。しかし、振り下ろすことはできなかった。驚いて見開いたアセーリアの瞳の中に、自分の姿を見たのである。醜くゆがんだ顔を……。乱暴にアセーリアを横に押しやると、玄関から外に出て、大きな音を立てながらドアを閉めた。

すでに明るくなっていた。太陽を目にすると、昨晩の出来事がいっそう陰鬱に思えてくる。もう取り返しがつかない。打開策と言えるものは浮かんでこない。とりあえずはトレーラーに置き去りにした荷物を新郷《シンシャン》に運ぶしかない。だが、そのあとどうすればよいのかわからなかった……。

カディーシア

俺は誰とも会いたくなかった。誰からも見られなくなかった。ひとりでいたかった。このようなときに他の人がどうしたいのか知らない。しかし、俺はひとりになりたかった。このつらさがいったい誰に関係があるというのか。誰にも関係がないではないか！　ひとりで耐え抜くんだ。悲しみとつらさが消えるまで、頑張り抜くんだ。ひとりで耐えるんだ。それしかない！

トレーラーのある場所に向かう途中、小さなホテルで夜を過ごすことにした。眠りについても、うなされるばかりだった。ドロン峠でトレーラーを探していた。タイヤの跡はある。が、トレーラーが見つからない。あちらこちら探しても、跡形もなく消えている。通りかかった車をとめては、ドライバーに尋ねていく。ここにあったトレーラーを知らないか？　誰かが引っ張っていったのか？

朝、問題の場所に着くと、本当にトレーラーが消えていた。のちに聞いたところによれば、アリベックが事務所まで牽引したらしい。

アリベックを追いかけ、彼のすぐあとに俺も事務所に到着した。事務所の鏡を見ると、やつれた顔が映っていた。眼差しにも落ち着きがない。いったい誰なのだろう。俺なのか？　自分で自分の顔がわからなかった。

事務所ではすべてがいつもと変わりがなかった。俺だけが不安そうな表情のまま、おぼつかない足取りで外に出た。車に乗り、中庭を横切って敷地の一番端までゆっくりと運転した。ガレージから離れたかった。できるだけ皆から遠く離れたかった。

しばらく車の中で座っていたが、まわりを見回すと、遠くからこちらを見ているたくさんの視線にぶつかった。アクセルを踏みたい。どこかに行きたい。どこでも構わない。とにかく、ここから走り去りたい！　とはいえ、車から降りるしかなかった。他にどうすればいいというのだ。

気力を振り絞った。勇気を出した。決心して、中庭を通って、管理ルームまで歩いていった。落ち着いて見せよう。一生懸命努力した。しかし、冷たい視線を背中に感じた。あちらこちらから、冷たい視線が槍のように投げかけられてくるのがわかる。親しげに話しかけてくれる人間もいない。挨拶もない。何もない！　仕方がない。逆の立場だったら、俺も同じことをやっていただろう。

敷居のところでつまずいてしまった。心までつまずいてしまったように感じる。そうだ！　カディーシアのことを忘れていた。俺は何ということをしたのだろう。カディーシアの立場がないではないか！

床に目を向けると、大きなポスターが置いてあった。「恥知らず！」大きな文字で上のほうにそう書かれていた。その下には、ドロン峠で見捨てられたトレーラーが描かれていた。

俺は顔を背けたが、怒りで顔がほてった。それでも管理ルームに入っていくと、カディーシアが電話をかけていた。俺の姿を認めると、受話器を置いた。

「ほら！」そう言いながら、無理して出してもらった運行命令書を机の上に叩きつけた。こちらに向けたカディーシアの目には、思いやりと同情がこもっていた。どなりつけるかとも思ったが、俺の心を見抜いたのだろう。カディーシアのほうからは何も言わなかった。

「大騒ぎだったのか？」小さな声で尋ねてみた。

カディーシアは黙ってうなずいた。

「そんなにひどいことじゃない……」カディーシアを少しでもなだめようとして、つぶやいた。

「運行ルートからはずされたわ」

「何？　これからずっとか？」俺はゆがんだ笑いを浮かべながら、訊いてみた。

「修理班にまわして、二度と運転はさせない。ほとんどの人たちがそうしようとしたわ。でも、あなたのお友だちがかばってくれたの。だから、とりあえずは国内線に配置換えということですんだわ。チーフのところに行って。あなたと話したがっているわ」

「どうでもいい！　俺抜きで決めたんだ。好きなようにすればいい」

俺は管理ルームをあとにした。事務所の建物の外に出よう。打ちひしがれた気分で歩いていると、誰かが近くに寄ってくる。やり過ごそう。そう考える俺の目の前に、アリベックが立ちふさがった。

「とまれ！」アリベックが俺の体を壁に押しつけた。俺の目を見据え、怒りの表情で言葉を発した。「君はいったい何を証明したんだ。ならず者だと証明しただけじゃないか！」

「俺は皆のためにやろうとしたんだ！」俺は不平をもらした。

「嘘だ！　君は名誉を独り占めにしたかったんだ。自分のことだけを考えたんだ。せっかくのプランを台無しにしたんだ。さあ、どうするんだ。証明してみろ。トレーラーを牽引して峠を越えられることを証明してみろ！　そう、これから証明してみろ！　馬鹿な奴だ、本当に！」

アリベックの言葉は俺以外の人間にならその真意が伝わったかもしれない。だが、このときの俺にはすべてがどうでもよかった。何も理解できなかった。アリベックが何を言おうと、理解できなかった。表面上の侮辱の言葉だけが耳に届いた。馬鹿？　名誉を手に独り占めにしたかった？　嘘つきめ！

「放っておいてくれ！　気分がよくない。ひとりにしてくれ！」俺はアリベックを脇に押しやった。

建物の外に出てみると、身を切るような冷たい風が吹き荒れていた。雪が舞っている。ドライバーたちは黙って俺の横を通り過ぎていく。それでも、冷たい視線を投げかけるのは忘れない。どうすればいい？　両手をポケットに入れ、拳を握りしめ、敷地の門まで歩いていく。靴で水たまりの上の氷を割っていく。一度、小さな空き缶につまずきそうになった。腹が立ったので、その空き缶を道路まで蹴り飛ばした。

その後、一日中、あてもなく街をさまよった。そのうち、湖の畔までたどり着いてしまった。イシククル湖には、強い風が吹き荒れていた。係留されている艀《はしけ》が波の上で踊っている。

荒れる水面をしばらく眺めたあと、カフェに入り、ウォッカのボトルとスナックを注文した。一杯目のグラスを飲み干しただけで、気力も失せ、ぼんやりと床を見つめることしかできなくなった。

「あら、ひとりでお酒なんか飲んで、楽しいのかしら？　わたしもおつき合いしてよろしいかしら？」ほほえみながら、カディーシアが俺の横に座った。

カディーシアはグラスにウォッカを注ぎ、「飲みなさいよ」と言いながら、俺にグラスを手渡してくれた。俺を励ますつもりなのだろう。明るい表情でウィンクしてくれた。二人で酒を飲むために、ここにやってきた。まわりからはそんなふうに見えたかもしれない。

「何が楽しい？　何がおかしい？」俺は不機嫌な声を出した。

「ひとりでふさぎ込んでも仕方ないわ。あなたとだったら、わたしはどんなことにでも耐えられる。イリアス、わたし考えたの。あなたは強い男だわ。ねえ、負けないようにしましょう。どんなことがあっても、わたしたちは負けないようにしましょう！」

カディーシアが優しくほほえみながら、俺に体を寄せてきた。カディーシアの目が見える。黒い瞳の中に温かさ感じられる。

俺たちはグラスを空にした。俺は煙草に火をつけた。なんだか、気持ちが軽くなった。今日はじめて、ほほえむことができた。

「いい奴だな、おまえ！」カディーシアにそう応えた。

ウォッカを飲み干すと、店の外に出た。すでに太陽は沈み、夜の闇があたりを覆っている。湖から吹いてくる強い風が街頭を揺らし、木々の葉をざわつかせていく。

俺はふらついていたらしい。足の下で地面が揺れている。カディーシアは俺の腕をとって、支えてくれた。寒くないようにコートの襟まで立ててくれた。優しい気遣いが感じられる。

「俺はおまえを騙したんだ。迷惑をかけた。騙したと同じだ！」罪の意識に苛まれた。そして、感謝の気持ちが込み上げてきた。「だけど、おまえに被害が及ぶようなことはさせない。責任はすべて俺が取る！」

「そんなことを考えるのはもうよしましょう。落ち着かない人なのね、あなたは。いつも人と違ったことを考え出さずにはいられない……。心配してしまうわ。わたしも昔はそうだったからわかるけれど、思いつきを強引に押し通そうしてもうまくいかない時だってあるのよ。人生が与えてくれるもので満足しましょうよ。運命に挑戦しても、何にもならないわ」

「自分の運命をどういうように考えればいいんだ？　運命をどう考えるかで、何もかも変わってしまうではないか！」俺はカディーシアに反論した。しかし、少し考えたあと、言葉をつけ足した。「きっと、おまえの言うことのほうが正しいんだろうな……」

言葉を交わしているうちに、カディーシアの家の前まできてしまった。ここに彼女はひとりで住んでいる。一度は結婚したが、離婚して久しい。

「家に着いたわ」

俺はためらった。すでに俺とカディーシアを結びつける絆のようなものができていた。そのうえ、寮に帰りたくもない。真実は素晴らしいものなのかもしれない。だが、真実は苦いものでもある。つらく厳しいときには、思わず身を潜め、真実から逃げたくなるときもある。

「何を考えているの？　疲れたの？　これからの帰り道のことを考えているの？」カディーシアが尋ねてきた。

「いや、もう着いたも同然だ」

カディーシアが俺の手をつかんだ。

「冷たい！　待って、手を温めてあげるわ」カディーシアが俺の手を自分のコートの中に引っ張り、胸に押しあてた。俺は動くことができなかった。優しく温かい肌触りが伝わってくる。女の温《ぬく》もりに抗《あらが》えなかった。カディーシアの鼓動が伝わってくる。長い間焦《こ》がれていたもの、それがここにある。そう語っているようだった。

俺は酔っていた。それでも、正体不明だったわけではない。静かに手を戻した。

「帰るのかしら?」

「ああ、そうする」

「気をつけてね……」カディーシアはため息をつきながら、足早に離れていった。ドアを閉める音が暗闇の中に響き渡った。俺もその場を離れようと、歩きはじめた。だが、数歩進んだところで、とまってしまった。なぜだかわからない。何が起きたのかもわからない。突然、俺はカディーシアの家のほうに足を向けた。カディーシアは待っていてくれた。俺の首に手をまわし、くちびるをあててきた。

「戻ってきてくれたのね」そうささやきながら、俺の手をとって、自分のほうへ引き寄せた……。


夜中に目が覚めた。しばらくの間、わからなかった。自分がどこにいるのか。頭がズキズキと痛んだ。俺とカディーシアは寄り添って横たわっていた。カディーシアの肌の温もりが伝わってくる。規則正しい寝息も聞こえてくる。

俺は決心した。起きて、すぐに立ち去ろう。しかし、俺が体を動かそうとしたとき、カディーシアが目も開かずに、俺に抱きついてきた。

「いかないで。お願い」カディーシアは小さな声でささやいたあと、体を起こし、暗闇の中で俺の目を覗き込み、言葉に詰まりながら訴えてきた。「いかないで。もうあなたがいないと、駄目なの。あなたはわたしのもの。ずっと前から、わたしのものだったのよ。他には何も望まない。わたしを好きになって。お願い。あなたを渡したくない。誰にも渡したくない！」カディーシアの目から涙があふれた。彼女の頬を濡らし、俺の顔を濡らした。

俺はカディーシアの温もりの中にとどまった。

夜明けの薄明かり中で、俺たちは再び眠りに落ちた。目が覚めたのは、あたりがすっかり明るくなってからだった。慌てて俺は服を着た。外に出ると、冷たい空気が襲ってきた。歩きながらハーフコートを羽織り、庭を急いで抜け、門をくぐり、道路に出た。

見ると、キツネの毛皮の帽子をかぶった男がこちらに向かってくる。何ということだ！よりによって、あんな奴と会うとは！　にらみつけたい。俺の視線であいつを抹殺したい！

ジャンターイと出会ってしまった。事務所へ向かうところなのだろう。カディーシアの家の近くに住んでいるというのは聞いていた。一瞬、どちらも言葉に詰まってしまった。それから、俺はジャンターイに気づかなかったかのように、素っ気なく向きを変え、足早に事務所のほうに向かった。ジャンターイは咳払いをした。言いたいことがあるのだろう。ジャンターイは俺の後ろをついてきた。俺に近づいてくることもしない。かといって、離れていくこともしない。雪のきしむ音が、つかず離れずついてきた。

事務所に着くと、ガレージには向かわずに、直接に事務所に向かった。技術主任の部屋から、声が聞こえてくる。様々な声が入り混じっているのがわかる。いつもの朝礼が行われているらしい。中に入っていきたい。いつものように、窓の敷居に座り、足を組み、煙草をくゆらせながら、ドライバーたちの陽気な議論に耳を傾けたい。だが、そんなことはできなかった。臆病だからというのではない。俺の心の中には、まだエゴイズムの炎がくすぶっていた。怒りも感じる。絶望も感じる。救いようのないわがままと強情さを心の中からぬぐい去れなかった。そのうえ、カディーシアと許されぬ夜を過ごして、頭が混乱していた。

そもそも、他のドライバーたちはまだ俺を許していなかった。ドアの向こうから、俺を批判する声が響いてくる。「まったくこんなひどい話、聞いたことがない。こんなところで議論するのではなく、しかるべきところに訴え出たほうがいいくらいだ。本当に、厚かましい奴だから、あいつは。あんな結果になったのに、あの野郎、まだ自分のアイデアに間違いはないと言い張ってやがる。トレーラーを峠に捨てて逃げたくせに」

別のドライバーも声をあげた。「ああ、その通りだ。ああいう奴がいるんだ。いつも自分が賢いと思っていやがるんだ。自分が一番だと思っているんだ。そのくせ、皆のためにやっているんだとほざく。皆のためになることをやったんだが、たまたまうまく行かなかったと言うんだ」

議論が続いていた。声もどんどん大きくなっている。俺は技術主任の部屋の近くから離れた。盗み聞きなどしたくなかった。

そのとき、背後から様々な声が聞こえてきたので、足を速めた。議論が終わったらしい。ドライバーたちが陽気に話をしながら、こちらに歩いてくる。アリベックが一生懸命誰かに言い聞かせている。「トレーラーにつけるブレーキは、僕たちがつくるんだ。この作業場で自分たちでつくるんだ。そんなに難しいことではない。圧縮機にチューブをつなげ、制輪子を動かせばいい。それほど……。なにっ！　イリアスじゃないか！　おーい、イリアス、ちょっと待て！」アリベックが俺に呼びかけた。

俺は足をとめずに、歩き続けていく。アリベックが追いかけてきて、俺の肩に手を置いた。

「何て奴だ！　待てよ。いいか、聞いてくれ。僕は説き伏せたんだ。イリアス、僕の助手になってくれ。一緒にテスト運転をやろうじゃないか。一緒にトレーラーを牽引しようじゃないか」

俺の全身を怒りが駆け抜けた。アリベックは俺を救い出そうとしている。それはわかっている。俺を苦境から救おうとしている。そんなことは、わかっている。だが、助手だと！　俺が助手だと！　俺はアリベックの手を振り払った。

「放っておいてくれ！」

「何でそんなに怒っているんだ？　君がはじめたことなんだぞ。ああ、そうか。ヴォロドカ・シルジャーエフから何も聞いていないのか」

「聞いていない。ヴォロドカを見てもいない。それがどうしたんだ」

「どうしたんだ？　なぜそんなことを言う？　そもそも、何だってあちらこちらほっつき歩いている？　アセーリアが外で君のことを探しているぞ。皆に聞き回っているんだ。君がどこにいるのか。心配しているんだ！　おい、イリアス！」

　悲しかった。不安だった。惨めだった。できれば、このまま倒れて死にたかった。アリベックが俺の腕をしっかりつかんで、トレーラーの装置について長々と説明している。近くでは、ジャンターイが耳をそばだてていた。

「いい加減、放っておいてくれ！　俺をどうしようと言うんだ。もううんざりだ。おまえたちのつくるトレーラーなんか、俺は必要ない。アリベック、おまえの助手にもならない。わかったか！」

　アリベックの顔が曇った。

「君がはじめたことじゃないか。今になって逃げるというのか？」

「好きなように解釈してくれ！」

　俺は自分の車に向かった。両手が震えていた。頭の中を様々な思いが駆けめぐっていく。考えをまとめることができない。俺は車の下に潜り込んだ。整備するために掘られた穴のようなところに入り、頭をレンガの壁にくっつけ、額を冷やした。

「おい、イリアス」小さな声が聞こえた。

　上半身を外に出した。いったい誰だ？　俺にまだ用があるやつがいるのか？　見ると、ジャンターイがいた。いつものように、キツネの毛皮の帽子をかぶっている。そのため、大きなキノコのように見える。そのキノコが狡猾そうな細い目で俺を見つめた。

「イリアス、よくやってくれた。当たり前のことをよく言ってくれたよ、あいつに」

「誰に？」

「アリベックだよ。模範労働者のアリベック。よくやってくれた。あいつ、顔をゆがめていたよ。酸っぱいものを食べたみたいに。君がいなくなってから、黙り込んでいた。あの新しもの好きめ！」

「それがおまえに何の関係がある？」

「イリアス、君はわかっているんだよな。オレたちドライバーにあんなトレーラーなんか必要ないんだ。トレーラーなんか、忌々《いまいま》しいだけだ。トレーラーを牽引することに成功したら、どうなるか。そんなこと目に見えている。ノルマが大変になるのに、運行回数や運行時間は少なくなる。ひとりがやれば、他の人間にも同じことが要求される。給料は運行距離に比例しているわけだから、給料が下がることになる。トレーラーの牽引に成功したら、オレたちは自分で自分の首を絞めることになる。今、君はその名をとどろかせているが、あんなことすぐに忘れ去られてしまう。わかるかい。結局、オレたちは君のことを悪く思っていないんだよ。このままのやり方でいこうじゃないか」

「その『オレたち』というのは、いったい誰なんだ？　おまえのことか？」俺はできるだけ平静を装って尋ねた。

「オレだけじゃない」ジャンターイは目をしばたたかせながら答えた。

「嘘つきめ！　ウジ虫やろう！　おまえが何と言おうと、俺はトレーラーを牽引してやる！　俺はまだあきらめていない。これから絶対にトレーラーを引っ張って峠を越えてやる。どんなことをしてもだ！　さっさと消え失せろ！　さもないと目にものを見せてやる！」

「おい、おい。落ち着けよ」ジャンターイの言葉には棘《とげ》があった。「まあ、仕方ないかな。君は道徳的な人だからね。とても、とても道徳的な人だからな。そうそう、たっぷり経験を積んでくれたまえ。お楽しみを続けてくれたまえ。お楽しみの経験を積めば……」

「ブタ野郎！」俺は大声で叫びながら、アッパーカットを喰らわした。

ジャンターイは仰向けに倒れ、キツネの毛皮の帽子が地面に落ちた。俺はさらにジャンターイの上に飛びかかろうとした。だが、ジャンターイはもう立ち上がって、俺の突進をかわした。そして、ほえ立てた。「乱暴者！　泥棒！　オレをどうしようというんだ？　オレから何か盗もうというのか？　おまえのような奴はすぐに始末してやる。オーイ、皆、こいつを何とかしてくれ！」

ドライバーたちが集まってきた。アリベックの姿も見える。

「どうした？　何があった。なにっ！　イリアス、君はジャンターイを殴ったのか？」

アリベックの言葉を受けて、ジャンターイが俺にあざけりの言葉を向けてきた。

「オレは本当のことを言ってやったんだ。面と向かって言ってやったんだ。トレーラーを盗み、ドロン峠に捨て去った。オレたちの顔に泥を塗った。他のドライバーが名誉を挽回しようとしたら、殴りかかってきた。もうこんなやつ、救いようがない」

アリベックが俺に近づいてきた。額の血管が浮き出ている。抑えがたい怒りが込み上げてきているに違いない。

「な、な、なんて救いがたい奴なんだ、君は！」俺の胸ぐらをつかんだ。「君がうまくいかなかったから、僕たちに復讐するとでもいうのか？　もういい！　君がいなくても、僕たちはやっていける。君みたいな人間は願い下げだ！」

俺は何も答えなかった。体中の力が抜けていた。何も言うことができない。ジャンターイの嘘のあまりの厚かましさ！　それが俺から言葉を奪ってしまった。ドライバーたちの冷たい視線が俺に突き刺さる。

この場から立ち去るしかない。他に何をすればいい？　俺は自分の車まで走り、猛スピードで事務所を立ち去った。

途中で酒を煽《あお》った。最初は、小さな店でウォッカを一杯流し込んだ。だが、気分がよくならない。別の店に行き、グラスをまた空にした。これは効いた。目の前のものすべてが踊った。車で橋を渡ろうとしても、橋が踊る。道端の交通標識も踊っている。対向車線の車も、左右にステップを踏んでいる。

陽気な気分になってきた。激しい感情だった。怒りに似ていると言ってもよい。

なるようになれ！　俺はどうでもいいぞ！　どうでも、どうでも、どうでも……。それにカディーシアが……。カディーシア！　あいつは悪くないぞ。他の女より悪いことがあるか！　若いしきれいだ。そのうえ、俺を好いている。俺のためなら、何でもやってくれる！

夜もかなり更けた頃、家に戻った。よろめきながら、ドアを開け、家の中に入っていく。アセーリアが駆けてきた。

「イリアス！　どうしたの？」そう言いながらも、何があったのかおおよそ悟ったらしい。

「疲れているのね。寒いでしょう。そんなふうに立っていないで、着替えたら？」

アセーリアは俺を助けたかったのである。それなのに、俺は黙ってアセーリアを横に押しやった。荒々しく振る舞うことで、恥ずかしさを隠したかった。そうすることしかできなかった。

俺はよろめきながら、部屋を横切ろうとする。何かが足に引っかかったらしい。大きな音がした。けれども、そんなことに構わずに、椅子の上に座り込んだ。

「何かあったの、イリアス？」アセーリアが不安そうな表情を浮かべながら、酔った俺の目を覗き込んでくる。

「アセーリア、俺は、俺は……」俺はうなだれてしまった。アセーリアをまともに見ることができない。俺は椅子の上で待っていた。アセーリアが俺を非難するのを！　俺をののしるのを！　アセーリアが自分の運命を呪うのを！　覚悟を決めていた。何でも聞く。言い訳もしない。どんな言葉も黙って甘受する。

しかし、アセーリアは何も語らない。非難の言葉などまったく発しない。誰もこの部屋にいないかのように、何も聞こえてこない。俺はそっと目をあげてみた。アセーリアは窓際に立っていた。背中をこちらに向けている。顔は見えなかった。それでも、わかる。アセーリアは泣いている。深い同情が沸き、心が疼いた。心が焼き尽くされるような疼きだった。

「アセーリア、アセーリア、おまえに言いたい。言わなければならない……」決心がつかないまま、言葉を語りはじめた。「俺は、言わなければならないことがある。俺は……」ここで言葉がとまってしまった。駄目だ。アセーリアにこんなひどいショックを与えるわけにはいかない。アセーリアがどう思う？　アセーリアを悲しませたくない。俺は自分の行いを強く悔いた。

「俺は……、俺たちは……すぐには行けそうにないよ。おまえの両親のところには……」俺は話を別の方向に持っていった。「少しあとにしよう。しばらくはよそう」

「ええ、急ぐことではないわ」とアセーリアが応えてくれた。そのあと、涙をぬぐいながら、俺のほうに近づいてきた。「イリアス、つまらないことを考えるのはよしましょう。すぐにまたもと通りになるわ。うまくいくわよ。イリアス、もっと自分のことを考えて。自分を大切にして。近頃、とても変よ。昔のあなたじゃないみたい」

「さあな」と俺はアセーリアの言葉を遮《さえぎ》ったが、自分の勇気のなさに腹が立っていた。「疲れた。眠らせてくれ」

絶望

ある日、家へ戻る途中、反対車線にアリベックの車を見つけた。トレーラーを牽引している。ドロン峠は征服されたんだ！　すぐにわかった。

アリベックのほうでも俺を見つけたらしい。すぐに車をとめ、手を振って、俺に合図した。とまれ！　そう言っているのは間違いない。俺はスピードを落とした。アリベックが道端で嬉しそうに立っている。

「やあ、イリアス！　車から降りてくれ。一緒に煙草を吸おうじゃないか！」アリベックが叫んだ。

俺はさらにスピードを落として、アリベックの車を覗き込んでみた。若い男が乗っている。そうか。あれが助手なんだな。タイヤに目を向けると、チェーンが巻きつけられていた。トレーラーには、エアブレーキも装備されている。すぐに見て取れた。しかし、完全に車をとめることはしなかった。他の人間が成功するより、アリベックが成功してくれたほうがいい。よかったと思う。だが、俺のことは放っておいてくれ！

「とまれ！　とまれ、イリアス！」アリベックが俺の車の後ろを追いかけてきた。「話をしよう。話すことがあるんだ、イリアス！　何でとまらない？　おい、イリアス！」

俺はアクセルを踏み込んだ。大声を出したいのなら、好きなようにするがいい。もうアリベックとは関係がない。別々の道を歩むしかない。チクショウ。一番の友だちも失ったか。

あとから振り返れば、アリベックが正しいのがわかる。だが、あのときにはアリベックが許せなかった。俺が神経をすり減らし全身の力を傾けて試みたこと、それをやすやすと成し遂げてしまったことが許せなかった。俺を侮辱しているのと同じではないか！

アリベックは真面目で思慮深い男だった。以前からずっとそうだった。俺とは違う。ドロン峠を攻撃するにしても、何も準備しないでいきなり挑むような真似はしなかった。もちろん、助手がいたほうがいい。そのほうが理に適《かな》っている。途中で運転を交代できる。つねに新たな力をみなぎらせて、峠に挑める。ドロン峠では、エンジンの耐久力だけでなく、ハンドルを操る人間の気力と体力も大切なのである。助手がいれば、運転時間も半分ですむ。すべてがよく考えられていた。トレーラーに上等なブレーキまで備えつけている。タイヤにはチェーンを巻きつけるのも忘れない。万全の体制でドロン峠と戦おうとした。かけ声をかけながら勢いで進んでいくような真似はしない。

一度模範が示されれば、あとに続くのはやさしい。アリベックに続いて、他のドライバーたちもトレーラーを牽引してドロン峠を越えるようになる。何事も最初に道を切り開くのが難しいに決まっている。

そのうち、他の事務所からも車がまわされた。もっとも近い事務所から、たくさんの車が助けにきたのである。十日ほど、天山山脈《テンシャン》には、昼夜を問わず、トラックが行き来した。中国の労働者たちの要求は、困難きわまりないものだった。それでも、期限を守り、すべてやり遂げた。中国の友よ、キルギスの民はおまえたちを見捨てなかった！　俺も俺なりに……。

あとから振り返れば、自分が人生の手綱を失ってしまっていたのがわかる。しかし、事件の渦中にいるときには、何もわからないものである。

アリベックを振り切ると、事務所に戻った。周囲を見渡すと、すでに闇があたりを覆っていた。寮へ向かおうとしたが、途中でパブに立ち寄ることにする。この頃、毎日のように繰り返されていた習慣である。抑えがたい欲求があった。酒を飲みたい。前後不覚になるまで酒を浴びたい。すべてを忘れたい。死んだように眠りたい。自分で自分をコントロールできず、夥《おびただ》しい量の酒を飲んだ。それでも、ほとんど酔わなかった。パブを出て行くときには、店に入ってきたときよりも苛立っていた。そして、絶望も深くなっていた。パブをあとにすると、街をあてもなくさまよう。やがて、なぜかカディーシアの家まで足が向いてしまう。

そうした生活を送っていた。激しい感情を外に吐き出す二つの場があり、その間を往復していたのである。昼間はハンドルを握り、夜にはカディーシアのもとで過ごす。これを繰り返した。

カディーシアと一緒にいると、心地よかった。落ち着くことができる。自分自身から自分を隠せた。他の人間たちから自分を隠せた。真実から身を隠せた。カディーシアだけが俺を理解している。カディーシアだけが俺を愛している。そう思えた。家からはできるだけ早く立ち去るようにしていた。

ああ、けれど、けれど……。アセーリア！　俺のアセーリア！　おまえは俺を信頼してくれているのに！　おまえの心は清らかなのに！　俺は何をしているのだろう？　おまえが知ったら……俺はおまえをあざむいている。俺はおまえに嘘をついている。俺はもうわかっている。おまえの愛に値しない人間なのだ。おまえのしてくれたことに報えない人間なのだ。

アセーリアは俺を非難しなかった。とがめる言葉すら投げかけない。なぜだろうか。わからない。憐れみからだろうか。意志が弱かったからだろうか。それとも、心の強さのなせる業《わざ》なのだろうか。これが人間に対する信頼というものなのだろうか。

もちろん、アセーリアは信じていた。そして、待っていた。俺が困難に打ち勝ち、かつてと同じ人間に戻るのを！

ああ、アセーリア！　俺を批判してくれたら……。真実を語るように迫ってくれたら……。そのほうがどれほど楽だっただろうか。アセーリアがもし知っていたら……。俺の心を苛《さいな》んでいたのは仕事のトラブルだけではなかったのを……。アセーリアがもし知っていたら、俺に釈明を求めたかもしれない。だが、アセーリアが知るはずもない。想像もできないだろう。

俺の心の中で何が起きていたのか。アセーリアはわかるはずもなかった。俺はアセーリアを傷つけたくなかった。だから、話し合いを避けていた。明日には本当のことを言おう。そのようなことを繰り返していた。俺は逃げていた。自分の義務から。アセーリアに対する義務から。俺たちの愛に対する義務から。俺たちの子どもに対する義務から……。

そのような日々の中で、一度だけアセーリアが嬉しそうに駆け寄ってきたことがある。嬉しさに頬を染め、目を輝かせていた。俺がコートや靴を脱ぐ前から、俺を部屋の中へ引っ張っていこうとした。

「イリアス、イリアス！　サマトが立ったのよ！」

「何、本当か？　どこだ、サマトは？　どこにいる？」

「あそこよ、テーブルの下」

「何だ、はいはいしているじゃないか！」

「見ていて、すぐに立つわ。ほら、サマト、パパよ。パパが帰ってきたわよ。パパに見せてあげましょうね。ほら、立ちましょうね。さあ、サマト！」

何をしなければならないか。サマトはなんとなく理解したらしい。はいはいしながら、テーブルの外のほうに進んでいく。そして、テーブルの脚を支えにしながら、立ち上がろうとする。

簡単には立てない。それでも、負けない。何とか立ち上がろうとする。一瞬、おぼつかない小さな二本の脚で見事に立った。嬉しそうにほほえんでいる。しかし、次の瞬間、ほほえみながら床に崩れ落ちてしまった。俺はサマトのところまで飛んでいった。サマトを抱きしめた。子どもらしいミルクの香りがかすかに漂ってきた。何と愛おしい香りなのだろう。何と優しく親しげな香りなのだろう。アセーリアと同じように愛おしい。アセーリアと同じように優しい。「イリアス！　駄目よ、そんなに強く抱きしめては。もっと優しくしてあげて！」アセーリアが俺からサマトを取り上げた。「さあ、イリアス、着替えて。どうサマトは？　すぐに大きくなるわよ。サマトが大きくなったら、わたしもまた働きに出るわ。何もかももと通りになるわ。そうよね、サマトちゃん！　お願い、イリアス……」

アセーリアが悲しげなほほえみを浮かべながら、俺を見つめた。俺はすぐに理解した。「お願い、イリアス」、この二つの言葉にアセーリアはすべてを込めたのだ。俺に言いたかったこと、何週間にもわたって苦しんできたもの、それを込めたのだ。アセーリアの言葉は、頼みであり、願いであった。非難であり、希望であった。俺は悟った。すぐに彼女にすべてを白状しなければならない。さもなければ、すぐに家から離れなければならない。

俺は家を出るほうを選んだ。息子の成長と俺たちの未来を思い描き、アセーリアは幸福に酔いしれていた。これから起こることを予想もしていなかったに違いない。

俺は腰を上げた。

「もう行かなければならない」

「出かける？　どこへ？」アセーリアはひどく驚いたらしい。「今日も、家に泊まらないのですか。お酒を飲むのですか」

「時間がないんだ。おまえも知っているだろう。ドライバーにはたくさんの仕事があるんだ」

もちろん、仕事などではなかった。次の運送予定は、明日の朝ということになっている。

俺は自分の車にたどり着くと、運転席に崩れ落ち、うめき声をあげた。つらかった。心が痛んだ。悲しくて、体が震えた。指先が震えたので、キーを差し込むのに長い時間がかかった。

エンジンがかかると、俺は車を急いで発進させ、家から離れた。

車をとにかく走らせた。街の明かりが背後に消えるまで、走らせた。橋をわたって山峡に入ったところで、藪《やぶ》の中に入り込み、エンジンをとめた。ヘッドライトも消す。ここで夜を過ごすつもりだった。煙草でも吸おうと思ったものの、マッチが一本しか残っていなかった。その一本も短い時間炎を燃え上がらせたかと思うと、すぐに火が消えてしまった。腹が立ったので、マッチ箱と煙草を投げ捨てた。そのあと、コートを頭からかぶり、膝を抱え、体を丸めた。

月も不機嫌な顔をしている。冷たい漆黒の山並みに不快そうな光を投げかけている。風が悲しげな音を立てて、峡谷の間を流れていく。その風がドアと車体の隙間《すきま》から入り込んでくる。

寂しかった。これほどの孤独は味わったことがなかった。家族からも切り離されている。仕事の仲間からも孤立している。身が切られるような思いがする。寂しさがひしひしと感じられた。もう生きていけない。このままでは生きていけない。自分に誓おう。事務所に行き、カディーシアに伝えよう。カディーシアに頼もう。許してくれ。俺たちのことはすべて忘れてくれ。そうするしかない。強く思った。それがいい。それが誠実さの証だ。しかし、何ということだろう。運命はそう望まなかったらしい。

俺は考えたこともなかった。予想したこともなかった。こんなことが起こるとは！

仕事を終え、家に戻ると、誰もいなかった。ドアは開いているが、中には誰も見あたらない。アセーリアが薪でも拾いに行っているのだろう。水を汲みに行っているのかもしれない。はじめは、そう思っていた。けれども、よく見ると、部屋の中が乱れていた。かまどに火を入れた形跡もない。冷たさが部屋を覆い尽くし、荒涼とした雰囲気を漂わせている。サマトのベッドも覗いてみたが、息子はいなかった。

「アセーリアァァ」

不安に駆られて、小声で呼んでみた。

「アセーリアァァ」と壁から音が返ってくる。

「アセーリアァァァー！」大きな声で呼んだ。

それでも返事がない。隣の家まで駆けていった。ガソリンスタンドも覗いてみた。やはりアセーリアの姿はない。詳しいことを知る人はいなかった。ただ、一日ほど前にアセーリアは家を出て行ったらしい。それはわかった。子どもを知人のところに預け、家をあとにしたという。

夜に一度戻ってきたものの、また出て行ったのを見た人もいた。

アセーリアが俺を見捨てた！　アセーリアは聞いたのだ、すべてを！　俺の体を衝撃が走った。

ものすごいスピードで俺は車を走らせた。これほどの速さで天山《テンシャン》山脈を走ったことは他にない。

目の前のカーブを曲がったところに、アセーリアがいそうな気がした。しかし、誰もいない。次のカーブの向こうにいる。あの入り江のところにいる。そう思えた。前を走っている車に乗っているのではないか。獲物を追いつめるように、目の前の車に迫っていく。横に並ぶと、荷台の上に視線を投げかけ、運転席に目を配る。そして、悪態の言葉を聞き流しながら、車を抜き去っていく。三時間もの間、アセーリアを探し求めて、猛スピードで山脈を駆けめぐり、湖の周囲を走った。ついには、ラジエーターの水分が蒸発してしまい、オーバーヒートを引き起こしてしまった。

俺は車をとめ、雪をラジエーターの上に置き、エンジンを冷やした。そして、水をもってきた。すると、エンジンが動いた。だが、車は左右に震える。喘いだ馬のようなものだ。しかし、これでも構わない。

よし、もう一度探そう。

ハンドルを握ったとき、トレーラーを牽引したアリベックの車がこちらに向かってきた。最近は言葉を交換することも、挨拶を交わすこともなかった。それでも、俺はアリベックを見つけて嬉しかった。あいつなら、何か知っているかもしれない。そうだ。アセーリアはあいつの家にいるかもしれない。もしアセーリアがいるのなら、教えてくれるだろう。

俺は道路の中央まで歩いていき、手を挙げた。

「とまれ！　とまれ、アリベック！　とまってくれ！」

走ってくる車を見ると、運転席に座っていたのは若い助手だった。彼はアリベックのほうに顔を向けた。どうすればいいのですか。目で尋ねていた。アリベックが不機嫌そうな表情をしながら顔を背けたので、若者はブレーキを踏むこともせず、俺の横を轟音《ごうおん》とともに駆け抜けていった。

雪が高く舞い上がり、雲のように頭上を覆った。俺は手を挙げたまま、しばらく道路に立ちつくした。

その後、自分の車に乗った。仕方ない。俺がやったことをあいつはやり返しただけだ。それに、今はそんなことはどうでもいい。俺を侮辱したのかもしれない。俺の感情を傷つけたのかもしれない。だが、もっと気になることがある。アセーリア！　おまえはどこにいる？

どうやらアセーリアはアリベックのところにいないようだ。とすれば、可能性は一つしかない。村《アイール》の家族のもとに帰ったんだ。他に行くところなどあり得ない。ああ、どんな気持ちでアセーリアは家の敷居をまたぐのだろう。両親に何と言うのだろう。両親はアセーリアを受け入れるのだろうか。勝手に出て行きながら、子どもと一緒に戻ってきた娘をどう受け入れるのだろう。ああ、アセーリア！　つらいに違いない。すぐに駆けつけねばならない。今すぐに行かねばならない。そう、村《アイール》に！

急いで、積み荷を引き渡し、路上に車をとめたまま、書類を渡すために管理ルームに駆け込んだ。門のところでジャンターイとすれ違った。その顔のおぞましさ！　何と表現したらいいのかわからない。底意地の悪い笑みを浮かべていた。心の卑しさや厚かましさが顔に浮かび出ていた。

管理ルームに着き、大急ぎで書類を手渡そうとしたが、カディーシアの表情が気になった。俺を見る目がいつもと違う。奇妙な表情をしている。不安を感じているように見える。罪の意識に苛まれているようにも見える。

「急いでくれ！」俺が強い口調で言い放った。

「どうしたの？　何かあったの？」

「家にいないんだ。あいつがいないんだ。アセーリアがいないんだ」

「何ですって！」カディーシアの顔が青ざめた。くちびるを噛んでいる。そのあと、絞り出すような声で謝ってきた。「ごめんなさい。本当にごめんなさい。イリアス、わたしがいけないの。わたしなのよ。わたしのせいなのよ」

「どうした？　何があった？　話してくれ！」俺はカディーシアに詰め寄った。

「わ、わたしも、何があったのかはわからない。本当よ、イリアス。本当に、知らないの。でも、昨日わたしのところにきたの。アセーリアがわたしに会いにきたのよ。彼女、わたしのことじっと見つめたの。それから、『本当ですか?』と尋ねてきた。それで、わたし、わたし、自分でもわからずに言ってしまったの。『ええ、本当よ。全部、本当の話。イリアスはわたしのものよ!』そうしたら、アセーリアは体の力が抜けたみたいに、後ろによろめいてしまった。わたしも、顔を伏せてしまった。涙が出てきてしまった。でも、もう一度言ってしまったの。『イリアスはわたしのものよ! わたしだけのものよ!』顔をあげたときには、アセーリアはもういなかったの。ごめんなさい。ごめんなさい、ごめんなさい、イリアス」

「ちょっと待て、カディーシア。アセーリアは誰から聞いたんだ?」

「ジャンターイよ。ジャンターイ。彼、わたしのところにきて、アセーリアに教えてやったと言っていたわ。ジャンターイがどんな人間か、知っているわよね。さあ、イリアス、行って。アセーリアを追いかけて。アセーリアを探して。わたし、邪魔なんかしない。行ってあげて。アセーリアのところに行ってあげて」

俺は全速力で車を走らせた。冬の草原を駆け抜けていく。固く凍った灰色の土の上を疾走していく。櫛で髪をすくように、風が雪の吹きだまりをすいていく。そして、用水路の中の草を舞い上がらせる。

やがて遠くに村《アイール》が見えてきた。農家の塀と庭も視界に入ってくる。

夕方頃、村《アイール》に着いた。

アセーリアの家の前で車をとめ、心を落ち着かせるために煙草を取り出した。急いで一本吸い終わると、煙草の火を踏み消して、クラクションを鳴らした。ところが、家から出てきたのは、アセーリアではなかった。肩に毛皮のコートを羽織った母親だった。俺は片足を踏み台《ステップ》に乗せ、小さな声で「今晩は！　お母さん」と挨拶した。

アセーリアの母親は脅しつけるような声で応えてきた。

「あなたですか。いったい何の用です？　それにしても、どういう了見なのですか、お母さんとは？　わたしはあなたのお母さんなんかではありません。ともかく、すぐに帰ってください。娘を誘惑した男の顔など見たくもありません。わたしたちの生活を台無しにしておきながら、いったい何しにきたのですか？　さあ、帰ってください」

口を開くチャンスがなかった。アセーリアの母親は一方的に俺をののしり続けた。ひどい侮蔑の言葉を大声で叫び続ける。とうとう近所の人たちまで集まってきた。

「さあ、帰ってください。すぐに帰ってください。そして、二度とわたしの前にあらわれないでください。帰ってください！」

運転席に戻って、立ち去るしかなかった。他に何ができただろうか。アセーリアは俺に会いたくないということなのだろう。ここを立ち去るしかない。子どもたちが石や棒で俺の車を叩いて、俺を村から追い出した。

この夜、俺は長い時間、イシククル湖の畔をあてもなく走り続けた。月の光のしずくを浴びて、水が大きく波打っている。イシククル湖よ、温かな湖よ、なぜに今日はそれほどまでに冷たいのだ。なぜに、心を閉ざす。この夜に、この悲しき夜に、なぜ俺を受け入れてくれない。

最後には車から離れ、ひっくり返っているボートの上に座り、湖を眺めていた。荒れ狂った波が岸に打ちつけ、俺の長靴をなめ、ため息をつきながら引き返していく。

そのとき、ひとりの女が俺のほうに近づいてきて、俺の肩にそっと手をおいた。カディーシアだった……。

放浪

三日後、俺とカディーシアはフルンゼに向かい、草原を開拓するグループに志願した。俺はドライバーとして働き、カディーシアは事務の仕事をこなしていく。こうして新たな生活がはじまった。

草原の奥深くまで進んでいく。カザフの奥深く、バルハシ湖の近くまで入っていく。

過去と決別するなら、完全に決別したほうがいい！

働いた。一生懸命働いた。新たな生活をはじめた頃には、力の限り働いて、心の痛みを忘れようとした。開拓グループにも仕事は数限りなくある。三年の間、広大な草原を縦横無尽に駆けめぐった。井戸も掘れば、道路もつくった。貨物運送のポイントもつくり、新しい積み替え場も建設した。かつては、何もない広大な草原が横たわっていた。ヨモギの香りが漂う荒れた草原。明るい日差しの下でも道に迷い、何週間もさまよい歩く羽目になる草原。それが、畜産家たちが数多く住む土地に変わった。快適そうな家も立ち並んでいる。穀物を収穫できるようにすらなっている。干し草を刈り入れることもできる。

仕事に一区切りついた。

探せばやることはまだいくらでもあったが、天山山脈《テンシャン》に帰ることにする。草原の生活がつらかったのではない。つらいことがあっても、しばらく辛抱すればよい。そもそも、俺もカディーシアも、困難に立ち向かうのを恐れるような人間ではない！　カディーシアとも、うまく生活していた。俺とカディーシアはお互いを大切に思い、お互いを尊敬し合っていたのである。だが、尊敬と愛は違う。

ひとりが愛していても、もうひとりが愛していないのなら、一緒に生活するのは間違っている。俺にはそう思えた。他の人間がどう考えているのかはわからない。俺だけがそんな考えを持っているのかもしれない。しかし俺には、埋められない心の空白があった。仕事に打ち込んでも、その隙間を埋めることはできない。友人たちに囲まれていても、虚しい。献身的に愛を捧げてくれる女性がいても、思いやりを寄せてくれる女性がいても、心には空洞があった。

俺は密かに悔いていた。すぐに天山山脈《テンシャン》から離れてしまったことを。今一度アセーリアを取り戻す努力をしなかったことを。

この半年、アセーリアと息子への思いがいっそう強くなり、身を焦がし続けていた。夜も眠れなかった。サマトの顔が浮かんでくる。おぼつかない足で立ち上がりながら、こちらにほほえみかけてくる……。サマトのミルクの香りが忘れられない……。

イシククル湖の青い水が見たかった。天山山脈《テンシャン》が恋しかった。天山《テンシャン》の青い草原に戻りたかった。アセーリアとはじめて出会った場所に帰りたかった。最初で最後の愛に出会った場所、そこに駆けつけたかった。

俺がどんな気持ちでいるか。カディーシアはわかっていた。それでも、俺に非難の言葉一つ投げかけなかった。俺とカディーシアは知りつつあった。もはや一緒に暮らせないことを！

広大な草原に短い春が訪れた。雪が急激に融《と》けていく。丘から雪が消え、若草が萌える。草原が目覚め、温もりが大地を覆っていく。草原に命が宿る。夜の空気も透き通り、星々の光が降り注ぐようになる。

地中を深く掘る井戸、その隣のテントに俺たちは住んでいた。いつものように眠れない夜を過ごしていた。そのとき、突然、蒸気機関車の汽笛の音が遙か彼方《かなた》から、草原の静けさを貫いて、かすかに聞こえてきた。遙か彼方《かなた》の音がどうして聞こえてきたのか。それはわからない。幻想だったのかもしれない。列車が通る線路にたどり着くには、ここから半日はかかるのである。

それでも、心が高鳴った。心が感じ取った。俺を誘《いざな》っている。列車が俺を誘っている。出発しなければならない！

俺はカディーシアに言った。「カディーシア、お別れだ」

「ええ、そうね、イリアス。お別れするしかないわね」カディーシアが応えた。

カディーシアはカザフの北へ向かい、新たな未開の地を目指すことにする。俺は心の底から願った。幸せになってくれ！　心から愛してくれる男と出会ってくれ。最初の男とも幸福をつかめなかった。そして、俺ともうまくいかなかった。カディーシア、幸せになってくれ！

俺はカディーシアのもとにとどまれなかった。なぜなら、俺は知っているから。本当の愛がどのようなものか。愛するとは、愛されるとはどのようなことか。説明するのは難しい。だが、俺は知っていた。

最後のお別れをするために、カディーシアを駅まで見送った。列車が動き出すと、その横を一緒に走った。

「カディーシア！　カディーシア！　幸せに！　幸せに！　幸せになれよー！　カディーシア！　カディーシア！　ごめんな、ごめんな、ごめんな、カディーシアァァァー！」

それが俺の最後の言葉だった。

草原の上空を鶴の群れが南に下っていく。俺は北を選び、天山《テンシャン》山脈に向かった。

天山《テンシャン》に着くと、すぐに村《アイール》を目指す。通りがかりのトラックに同乗させてもらう。何も考えないようにした。不思議な気持ちだった。恐ろしい気持ちもある。それでいて、嬉しさが込み上げてくる。

トラックは山脈の前の草原を走っていた。アセーリアとはじめて出会ったときにも、この道を走っていた。だが、あのときにはこんな素晴らしい道ではなかった。舗装もされていなかった。交通標識もなかった。思い出の道が消えてしまったのである。用水路を横切る道も見あたらない。俺の車が立ち往生した場所も見つからない。アセーリアが座っていた石もどこかへ消えてしまった。

村《アイール》が視界に入ったとき、ドライバーが応えた。

「どうした？」ドライバーに呼びかけた。

「とめてくれ。降りたいんだ」

「ここで？　草原の真ん中で？　すぐに村《アイール》に着くんだ。我慢してろ」

「ありがたい言葉だが、この近くに用があるんだ。ここから歩いてすぐなんだ。ここでいいんだ。降ろしてくれ」

俺は車から降りると、ドライバーに幾ばくかのお金を渡そうとした。

「いらん！　同業者から金なんか受け取れるか！」

「どうして同業者だとわかる？　俺の顔にそう書いてあるわけじゃないだろう」

「何となくわかるものさ」

「そうか。いろいろ感謝するよ。それじゃあ、お別れだ」

車は走り去っていった。

車の後ろ姿が消えても、俺は道路の中央に立ちつくしていた。すぐには行動に移れない。俺は煙草に火をつけ、口にくわえた。自分の手が震えているのがわかる。とりあえず、煙草の煙を何度か深く吸い込んだあと、吸い殻を足で踏みつけた。

「さあ、行くか！」と俺は自分につぶやいた。

鼓動が速まっていく。心臓の音が聞こえてくるような気がする。息をするのさえ苦しくなっていく。

村《アイル》は姿を変えていた。新たな家が目につく。数多くのスレート屋根の家が建てられている。道路に沿って電線も走っている。集団農場《コルホーズ》の管理事務所の前には、電柱が立てられ、拡声器が取りつけられていた。

学校に急ぐ子どもたちの姿も見えた。何人かの若者たちは学校の教師を取り込み、一生懸命教師に話しかけている。あの子どもたちなのだろう。かつて石と棍棒で俺を追い出した子どもたち……。

時が過ぎ去った。時をとどめることはできない。


俺は足を速めた。ほどなく、アセーリアの家の前までたどり着いた。立ち止まり、深呼吸する。それから、門を叩いてみた。心臓の鼓動が速まる。不安が込み上げてくる。

そのとき、鞄《かばん》を腕に抱えた少女が出てきた。アセーリアの妹だろう。あのとき俺に舌を出した子どもだろう。もう学校に行く年になったのか。少女は急いでいた。驚いたような表情で俺を見たあと、「家には誰もいないよ」と言った。

「誰も？」

「誰も！　パパはトラクターに乗って出かけた。ママは営林署の人のところに行ったみたい」

「アセーリアは？」おそるおそる尋ねてみた。のどが渇いて、言葉を出すのもつらい。

「アセーリア？」少女はとても驚いた。「アセーリアはずっと前からここに住んでいないよ」

「一度も戻ってきたことがないのかい？」

「ううん。一年に一度くるよ。若い男の人と一緒に。とってもいい人ね、とママが言っていたよ」

それ以上、質問をしなかった。女の子は学校のほうへ走り出してしまった。俺のほうは引き返すしかない。

妹から聞いたニュースは衝撃だった。とてつもなくショックだった。もうどうでもよかった。アセーリアが誰と結婚したか。いつ結婚したか。今どこに住んでいるか。もうどうでもよいではないか。そんなことを知ったところで、何になろう。

不思議なことだった。おかしなことだった。なぜだろう。今まで考えつきもしなかった。アセーリアが他の男を見つけるなんて！　アセーリアが俺以外の男と結婚する。考えてみれば、少しも不思議なことではない。ずっと俺が帰ってくるのを待っているはずがないではないか。

俺を乗せてくれるトラックを探すことなどせず、道に沿って歩きはじめた。

村《アイール》だけではない。道も大きく変わっていた。砂利が敷かれ、しっかりと踏みならされていた。草原だけが昔の姿を見せていた。鋤《すき》で耕された茶色の畑もあれば、刈り入れの終わったあとの色褪せた畑もある。昔と変わらなかった。草原が広がっている。丘の連なりに張りつくようにして広がり、遠くまで伸びる。イシククル湖にも通じているのだろう。

雪が融《と》けたあとだったので、大地は冷たく湿っていた。どこからか、トラクターの音が聞こえてくる。春の農作業がもうはじまっているに違いない。

日も暮れる頃、大きな街にたどり着いた。そこで夜を明かし、次の朝日が昇ったとき、俺は決心した。昔の事務所に戻ろう。もう一度雇ってもらおう。俺は何もかも失ってしまった。残っているものと言えば、仕事しかない。仕事をするしかないではないか。

天山《テンシャン》脈の道はいつものように車が頻繁に行き交っていた。車の列が途切れることがないと言ってもよい。俺は待った。昔の事務所の車が通りかかるのを。

きた！　ようやくきた！　一台の車を見つけると、手を挙げた。

車は速いスピードで疾走していた。ブレーキをかけてとまったときには、俺のいるところを数メートル行き過ぎていた。

俺が自分の鞄を持ち上げようとしたとき、ドライバーが降りてきた。見覚えがある顔だった。軍隊で一緒だったエルメックだった。俺のところで車の運転を習った男である。あのときはまだ車の運転のことなんか、何も知らないで……。

エルメックはほほえみを浮かべながら、俺を見ている。見覚えがあるようでいて、自信がないのだろう。目の前にいる男が誰なのか。

「俺のことがわからないのか?」

「軍曹……、イリアス、イリアス・アリュバーエフですか」

「そうだ!」

ほほえみながら、俺は言った。しかし、悲しかった。俺の相貌はかなり変わっていたのである。エルメックはすぐには俺のことがわからなかったのだから……。

車の中でいろいろなことを話した。軍隊時代が懐かしく思い出された。言葉を交わしているとき、一つだけ気がかりだった。エルメックは俺の生活のことを尋ねないだろうか。ここ何年かどうしていたのか。そう尋ねてこないか。恐れていた。おそらく何も知らないのだろう。何も聞いてこなかった。俺は安心した。

「いつ兵役が終わったんだ?」

「二年前です」

「アリベック・ジャントゥーリンはどうしている?」

「詳しくは知りませんが、事務所では見かけません。噂では、パミール高原で上級機械工《エンジニア》として働いているそうです」

そうか! アリベック、よかったな! すごい奴だ、本当に。有能な男だ。昔の友だちとして誇りに思うよ。アリベック、目標を達成したんだな。すごいぞ。軍隊にいるときから、大学の通信教育課程で自動車工学を勉強していたな、おまえは。そうか、大学の卒業資格を得たんだな。

「アマンジャローフはまだ車置き場の主任なのか?」

「いや、違います。お役所のほうに移っています」

「ところで、どう思う。俺は雇ってもらえるかな」

「もちろんですよ。雇わないわけありません。あなたの運転技術は一級品です。軍隊にいるときから評判だったではないですか」

「昔はそうだったかもしれないが……」俺は口ごもってしまった。「それはそうと、ジャンターイという奴は知っているか?」

「いいえ、はじめて聞く名前です」

そうか、すっかり変わったんだな、事務所も。

しばらくして、尋ねてみた。「トレーラーのほうはどうなっている? トレーラーを牽引しながらドロン峠を越えているのか?」

「もちろんです」当たり前のことじゃないか。エルメックはそんな顔をしていた。「積み荷の量次第ですよ。必要なら、トレーラーを連結するだけです。引っ張るほうの車にも強力なエンジンが積まれていますから、何の問題もないですよ」

エルメックは知らない。トレーラーが俺の人生にどれほど大きな影響を与えたかが、申し出を断った。

そのうち、昔の事務所に到着した。エルメックが中まで案内してくれた。そのうえ、再会を祝して、乾杯しようと誘ってくれた。だが、俺は酒を飲まなくなって久しい。気持ちは嬉しいが、申し出を断った。

事務所でも、不愉快な扱いは受けなかった。昔のことを知っている仲間たちも、何も言わなかった。俺は心から感謝した。理解してくれたのだろう。放浪の果てに帰ってきた。これからは誠実に一生懸命働くだろう。

そう、過去に触れるなど何の意味があるだろう。俺もすべてを忘れようとした。二度と思い出すまい。自分に言い聞かせた。

かつて俺とアセーリアが住んでいた積み替え場のところにも、停車しなかった。脇目もふらず、猛スピードで駆け抜けていった。近くのガソンリスタンドにも立ち寄らない。

しかし、それでも駄目だった。どうやってみても、すべてを忘れることはできなかった。自分を騙すことなどできなかった……。

再会

働き続け、自分の新しい車にも慣れた。エンジンの強さも試してみた。坂道で試し、平坦な道で試す。すべてに通じた。

ある日、いつものように中国まで荷物を運び、帰り道についた。静かに運転していた。何も考えず、ハンドルを切り、前を見つめていた。季節は春。あちらこちらにテントが立てられ、畜産家が春の牧草地を動いていく。丸いテントからは灰色の煙もあがっていた。風に乗って馬のいななきも聞こえてくる。道の横では、羊の群れが草を食《は》んでいる。子ども時代が思い出された。そして、悲しくなった。

突然、俺は湖のほうに向かった。水面を見ると、驚いた。白鳥だ！　春なのに白鳥がいる！　二度目である。春のイシククル湖に白鳥を見たのは、二度しかない。紺碧色の水の上で白鳥が円を描いている。なぜだか、わからない。俺は突然、鋭いカーブを切り、野原を通って湖の畔《ほとり》まで車を走らせた。あのときと同じように……。

ああ、イシククル湖、イシククル湖、なぜ俺は思い出さねばならない。あの日を思い出さねばならない。あの小高い丘の上でおまえを見下ろしながら、アセーリアと過ごした夜を。おまえは、あの日と何も変わらない。泡立つ波が手をつなぎながら、入り江に打ち寄せている。山の尾根に沈む太陽が水面を赤く染めていく。白鳥が急に鳴き声をあげ、飛び上がった。高く飛翔したかと思えば、羽を広げながら急降下する。何も変わらなかった。あの日と何も変わっていない。俺の横にアセーリアがいないだけである。

アセーリア！　アセーリア！　おまえは今どこにいる？　アセーリア、どこにいるんだ？

長い間、俺はその場にたたずんだあと、事務所に引き返した。心がかき乱された。心の痛みが疼く。痛みを忘れるために、酒を煽った。酒場をあとにしたときには、夜もかなり更けていた。空は闇に覆われていた。入り江から強い風が吹いてきて、木々を荒々しく揺らしていく。電線を揺らし、口笛のような音を残していく。風が運んできた砂が俺の顔を打ちつける。湖が喘《あえ》ぎ、うめいている。

ようやく寮に着くと、かつてのようにベッドに身を投げ出した。

翌朝、枕から頭を起こすのがつらかった。強い二日酔いだった。外はみぞれが落ちている。仕事に行く気力も出てこない。三時間の間、何もできず、横たわっていた。はじめてだった。働く気が起きないのは……。しかし、自分が恥ずかしかったので、立ち上がり、車に乗った。

車の調子が悪い。思ったように動かない。というより、俺のほうに問題があった。疲れていた。気力が萎えていた。天気のことまで腹立たしくなる。すれ違う車の屋根に雪が積もっている。雪が降っているのか、ドロン峠は。どうでもいい！嵐でも何でも構わない。俺の心の中にも嵐が吹き荒れていた。何もかもどうでもいい。今さら何が関係ある。

ひどい気分だった。バックミラーで自分の顔を見ても、ひどい顔が映っている。ひげも剃っていない。疲れた顔をしている。しかも、むくんでいる。病気のようにも見える。

何か食べなくてはならない。朝から何も食べていなかった。しかし、食欲がわかない。食べるより、酒が飲みたかった。一度自制心のたがが外れると、強い意志を取り戻すのは難しい。屋台の前で車をとめ、ウォッカを一杯煽った。元気が出てきた。正気に戻った気がする。運転もスムーズに行くようになる。けれども、もう一度車をとめ、一杯煽った。そのあと一杯、また一杯とのどに流し込んでいく。道がかすんでくる。ワイパーが目の前で左右に揺れていた。ハンドルの上に体をかがめ、煙草を口にくわえ、運転する。対向車線の車が轟音を響かせながら交差していき、俺の車のフロントガラスに泥をはねかけていく。もはやそれしか見えなかった。

俺もスピードをあげた。もう夜だった。そのうち、ウォッカが効きはじめた。疲れてきた。疲労感が体全体を覆っていく。黒い斑点が目の前で踊る。運転席が蒸し暑く感じられる。気分が悪い。これほど酔ったことはなかった。汗が流れ出てくる。運転席で運転している気がしない。ヘッドライトから放たれる二筋の光、その上で運転しているとしか思えない。二筋の光とともに低地に落ちていき、光の指が岩に触れながら急激な坂を登っていく。やがて光とともに俺自身が複雑なカーブを描いていく。

けれども、体中の力が抜けていく。それでも、車をとめなかった。俺は感じ取っていた。ハンドルから手を離せば、俺はそれっきり車をコントロールできなくなる……。

自分がどこにいるのか、もはやわからなかった。ドロン峠にいる。それだけはわかっていた。ああ、ドロン峠よ、巨大な天山《テンシャン》山脈よ、おまえを落としたい。おまえを手中におさめたい。だが、夜に攻略できるはずがない。アルコールに浸ったドライバーに落とせるはずがない。苦労して坂を登り、一気に駆け下りる。夜が揺れていく。思うように両手が動かない。もはや自分のものとは思えない。それでも、車は疾走していく。さらにスピードを増し、轟音《ごうおん》とともに駆けていく。

そのとき、鈍い音がした。衝突したような衝撃を受け、ヘッドライトが消え、漆黒の闇に包まれた。意識の奥深くでかすかに感じていた。事故だ！　どれくらいの時間そのまま横たわっていたのか、まったくわからない。突然、誰かの声が耳に届いた。すぐ近くから聞こえてきているはずなのに、遠くから聞こえてくれるような気がする。

「少し明るくしてくれ！」そう言いながら、誰かが両手で俺の頭や肩や胸を触っていく。「生きているぞ。酔っているだけだ」声の主が言った。

その声に別の人間が応えている。「車を道の端に寄せないと、他の車が通れません」

「ああ、そうしよう。車を動かそう」

二本の手が優しく俺の体をハンドルから離した。

うめき声をあげながら、俺は頭をあげた。血が流れているらしい。血が顔を流れていくのがわかる。まっすぐに立つことがためらわれた。怪我ではない。心の中の何かがためらわせた。

二人のうちのひとりがマッチを擦って、俺の顔を覗き込んだ。自分の目が信じられなかったらしい。マッチの火が消えると、もう一本のマッチに火をつけ、今一度俺の顔を確かめた。

「信じられん。なぜ君がこんなことを……」声の主は驚き、嘆いているらしい。

「車は……、車はどれくらい壊れている?」俺は血を吐きながら、尋ねた。

「それほどではない。道路に斜めにとまっているだけだ」

「それなら、すぐに出発したい。申し訳ないが、俺を放してくれないか?」

震えのとまらない両手でエンジンのスイッチを入れようとした。

「待て!」男が俺の肩をつかんだ。「もう馬鹿な真似はよせ。車から降りるんだ。今晩は俺の家に泊まっていけ。明日の朝、もう一度ここに戻ってこよう」

俺は運転席から引っ張り出された。

「ケメル、車を路肩に寄せてくれ。明日、修理しよう」

男は俺の肩に手をまわし、暗闇の中、俺が歩くのを助けた。というより、引きずるようにして俺を導いていった。しばらくして、農家のようなところにたどり着く。家の中には、石油ランプが灯っていた。男は俺を椅子に座らせ、肩からコートを取ってくれた。

このときはじめて男の顔をはっきりと見た。そして、すぐにわかった。バイテミールだった。一緒に車を牽引してドロン峠を越えたあの男だった。恥ずかしかった。けれども、もう一度会えて嬉しかった。謝りたかった。そして、お礼を言いたかった。

そのとき、薪が床に落ちる音がした。音のしたほうに目を向けると、催眠術に駆けられたように立ち上がってしまった。

ドアのところには、アセーリアが立っていた。薪を落としたのはアセーリアだったのである。玄関のところで青ざめた表情で、じっと俺を見つめた。

「何があったのですか?」アセーリアが小さな声でささやいた。

アセーリア! 俺は叫びたかった。しかし、拒絶するような視線が俺から声を奪った。恥ずかしくて、うなだれるしかなかった。玄関は不気味な静けさに覆われていく。

バイテミールがその場にいなかったら、どのような結末になったのか。まったくわからない。しかし、バイテミールがいた。バイテミールは俺の肩に両手を乗せ、椅子の上に座らせた。

「何でもないんだ、アセーリア」バイテミールの声は落ち着いていた。「トラックの運転手が軽い事故を起こして、少し横にならなければならないだけだ。ヨードチンキをくれないか」

「ヨードですか?」アセーリアの声に温かさが増した。「ご近所の方が持っていると思います。

すぐに借りてきます！」

アセーリアが玄関から出て行った。

俺は密かにくちびるを噛《か》んだが、椅子の上でじっとしていた。酔いなど一挙に醒めてしまった。ただ、血はたぎっていた。こめかみのところで血が激しく脈打つ。

「まずは血を洗い流そう」

バイテミールは俺の額の傷を点検しながら、そう語りかけてきた。そのあと、バケツを探すために、部屋の外に出て行った。ふと見ると、隣の部屋から、パジャマを着た五歳くらいの男の子がこちらを窺っている。目を開き、好奇心むき出しで、こちらを見つめている。サマトだ！　すぐにわかった。どうしてなのだろう。おそらくは、俺の心が見て取ったのだ。俺の心が覚えていたのである。

サマト！　強《こわ》ばった声で俺はささやきながら、サマトのほうに手を伸ばした。まさにその瞬間、バイテミールが隣の部屋から姿をあらわした。俺は驚いた。俺の声を聞いたに違いない。サマトと呼ぶのを……。泥棒の現場を取り押さえられたような気分になった。

きまりの悪さを隠すために、目の上の傷を隠しながら、バイテミールに尋ねた。「あなたの息子さんですか？」

なぜこんなつまらない質問をしたのか。自分でもよくわからない。あとになって考えてみても、わからない。そんな質問をした自分が許せない。

「当たり前じゃないか！　私の息子に決まっている！」バイテミールが言った。息子がいることが誇らしい！　そのような雰囲気が伝わってくる。

バイテミールはバケツを床に置き、サマトを抱えあげた。「もちろん、私の息子だ。当たり前だよな、サマト？」父親はサマトにキスをしてから、口ひげでサマトの首をくすぐる。バイテミールの声の調子や振る舞いからは、何のてらいも嘘も感じられない。心の底から発せられた言葉なのだろう。

「どうした？　なぜ寝ないんだ？　大変なことがあったのが、わかっているのか？　もう大丈夫だから、寝なさい」

「ママはどこ？」

「すぐに帰ってくる。ほら、帰ってきた。さあ、もう寝なさい」

アセーリアが部屋の中に入ってきて、心配そうな目で俺たち三人の様子を窺っている。バイテミールに近づき、ヨードの入ったビンを渡すと、息子をベッドに連れていった。バイテミールのほうはタオルにヨードを浸し、俺の顔から血をぬぐおうとした。

「我慢できるかな？　我慢しろよ！」俺をからかいながら、ヨードで傷を消毒していった。傷が焼けるように痛む。それを見ながら、バイテミールは言葉を続けた。「君のやった馬鹿な真似に対しては、これでは足りないな。もっと痛い思いをしてもらわなくては。しかし、そんな話はもうよそう。君は我が家の客人だからな。よし、手当はこれでお仕舞い。すぐによくなるさ。アセーリア！　お茶を淹れてくれないか」

「はい、すぐに」

バイテミールは部屋の隅の厚いフェルトの敷物の上に布団を敷き、枕を置いてくれた。

「さあ、ここに座ってくれ。ゆっくり休んでくれ」

「お礼を言うよ。もうだいぶよくなってきている」俺は小さな声でつぶやいた。

「いいから、座って、ゆっくり休んでくれ。自分の家だと思ってくれよ」

バイテミールの言う通りにした。ロボットのように、言われた通りに動いた。だが、息が苦しかった。心が苦しかった。心臓がとまりそうなほど、苦しかった。恐れと期待が心をとらえていた。ああ、なぜ俺はこの世に生まれてきたのだろう。何のために生きているのだろう。

アセーリアは俺のほうを見ないようにして、サモワールを手に取り、部屋から出て行った。

「すぐに行く。手伝うよ、アセーリア」

バイテミールがアセーリアに呼びかけた。彼が部屋を出ようとしたとき、サマトがドアのところにあらわれた。どうしても眠りたくないらしい。

「どうした、サマト？」

サマトが突然、俺に尋ねてきた。「おじさんは、映画から飛び出てきたの？」サマトはゆっくりとこちらに近づきながら、真面目な顔で俺にそう訊いた。

このままいけば、どういうことになるのか。俺は予感した。けれども、そのときバイテミールが大きな声で笑いはじめた。

「あははは、おかしなことを言うな、おまえは！」バイテミールは笑いながら、サマトの隣に座った。「すまんね。こいつがおかしなことを言って。映画に行くときには、いつもサマトを連れて行くんだ。それで……」

俺はサマトとの遊びを続けたかった。「そうだよ。映画から飛び出てきたんだよ」

しかし、サマトに疑いの気持ちが芽生えたらしい。

「違うよ」

「どうして、違うんだい？」

「サーベルを持ってないもん！　サーベルがなければ、戦えないじゃないか！」

「家に置いてきたんだよ」

「明日、見せてくれる？」

「よし、見せてあげるぞ。坊や、名前は何ていうんだい。サマトかい？」

「うん。おじさんは？　おじさんの名前は何ていうの？」

「おじさんの……、おじさんの名前は……」俺は言葉に詰まってしまった。「おじさんの名前はイリアスだ。イリアスおじさんだよ」ようやく言葉に出せた。

「さあ、サマト、もう寝なくては駄目だ」とバイテミールが言葉を挟んできた。

「パパ、まだ寝たくないよ。もう少しここにいていい？」

「しようがないな」とバイテミールが許した。そのあと俺のほうに向き、「申し訳ない。お茶を取ってくる」と言い残して、部屋を出て行った。

サマトが俺の間近まで寄ってきた。俺はサマトの手を撫でてみた。似ている。俺の手にそっくりではないか。いや、似ているなんてもんじゃない。まったく同じじゃないか！　笑顔も似ている。俺と同じ笑い方をするじゃないか！

「大きくなったら、何になりたいんだい？」息子と会話を続けたくて、サマトに尋ねた。

「運転手」

「車が好きなのかい？」

「大好きだよ。でもね、ぼくがお願いしても、どの運転手さんもぼくを乗せていってくれないんだ」

「それじゃあ、おじさんが明日どこかへ連れて行ってあげようか？」

「うん！　じゃあ、おじさんにぼくの宝物をあげるよ。きれいなサイコロがあるんだ！」サマトは隣の部屋へ駆けていった。

隣の部屋では、サモワールが沸いている。その横で、バイテミールとアセーリアが何かを話し合っている。

サマトは戻ってくると、羊の皮の袋からたくさんのサイコロを取り出した。

「おじさん、好きなものを取っていいよ！」サマトは色とりどりの宝物を俺の前に並べた。一つもらいたかった。大切な思い出としてポケットに入れたかった。だが、できなかった……。

そのときバイテミールが、沸き立つサモワールを片手に戻ってきた。アセーリアも後ろからついてくる。バイテミールがフェルトの敷物に低いテーブルを据える間に、アセーリアはお茶を淹れた。サマトと俺はサイコロを集め、袋に戻した。

「宝物をおじさんに見せたのかい？」

俺たちはサモワールのまわりに腰を下ろした。アセーリアと俺ははじめて会った振りをした。落ち着いた様子を見せなければならない。ほとんど言葉も交わせなかった。サマトはバイテミールの膝に乗って、バイテミールのほうに体を強くすり寄せた。バイテミールの口ひげがサマトの顔に触れたらしい。

「パーパ、くすぐったいよ。パーパ！」

何とつらいことなのだろう！　自分の息子の隣に座りながら、自分が父親だと名乗れない。息子が自分とは別の男を「パパ」と呼ぶのを聞く。何と悲しいのだろう。愛するアセーリアの隣に座りながら、アセーリアの目を覗くことができないとは！　どうしてアセーリアはここにいるのだろう？　アセーリアはバイテミールを愛しているのだろうか。二人は結婚しているのだろうか。アセーリアに訊きたい。すべてを知りたい。だが、それも許されない。アセーリアを知っていることすら、口に出すのは許されない。

ああ、アセーリア、なぜ知らない振りをする。なぜ俺を知らない振りをする。なぜ見ず知らずの人間のように扱う。アセーリアは俺を憎んでいるのだろうか。アセーリアが俺をこれほどまでに憎むことがあり得るのだろうか。

バイテミールはどうなのだろう。何を思っているのだろう。本当に気づいていないのだろうか。俺が何者なのか。サマトと俺が似ていることに気づかないのだろうか。バイテミールはなぜ語らない。ドロン峠での出会いのことを？　忘れてしまったのだろうか？

床についてからが、もっとつらかった。フェルトの敷物の上にアセーリアが寝床をつくってくれた。俺は横になった。壁のほうに顔を向けたまま、じっと横になっていた。

アセーリアは食器を片づけていた。

「アセーリア！」バイテミールが小さな声でアセーリアに話しかけた。「彼のシャツを洗ってあげてくれ」

アセーリアは、血のついたシャツを手にして、洗いはじめた。が、突然バイテミールのところに行き、小さな声でささやいた。「ラジエーターから水は抜いたのですか。夜になると凍ってしまいますよ」

「ああ、ケメルがやってくれた。車のほうは大丈夫だ。損傷もたいしたことはない。すぐに普通に走れる」

俺よりも、ラジエーターやエンジンを心配するのか……。そんなこと考えられなかった。アセーリアは力を込めてシャツを洗い、かまどの上にかけた。その後、ランプを消し、部屋から出て行った。

周囲が深い闇に沈んだ。誰もが眠れなかった。誰もが自分の思いに沈んでいった。バイテミールは息子と同じベッドに横たわっていた。サマトが布団をはぐと、優しい言葉をかけながら、布団をかけ直しているらしい。時折、かすかなアセーリアのため息が聞こえてくる。暗闇の中に、アセーリアの潤んだ目を見た気がした。輝くような目を潤ませているのだろう。間違いない。泣いている。何を考えているのだろう。誰を思っているのだろう。サマトを思っているのだろうか。バイテミールを思っているのだろうか。俺を思っているのだろうか……。俺を思っているのではないか。そして、俺とアセーリアを結びつけた絆を思い起こし、つらい過去を思い出しているのではないか。しかし、アセーリアはもう俺の手の届かないところにいる。アセーリアの思いにも、俺はもう手が届かない。

アセーリアはこの三年で変わってしまった。あの美しい目まで変わってしまった。信頼に満ちた目、誠実さにあふれた輝くような目。あの目はどこにいったのだろうか。厳しい目になってしまった。

それでも、それでも、それでも、アセーリアは俺にとって大切な女《ひと》なのだ。何も変わっていない。俺にとっては、昔のアセーリアのままなのだ。アセーリアの表情のひとつひとつ、アセーリアの振る舞いのひとつひとつが愛おしい。だからこそ、今の状況がつらい。

俺は枕に顔を埋めたまま、朝まで眠れなかった。

月が夜空を泳ぎ切り、明け方の雲の中に消えた。

バイテミールとアセーリアは朝早くに起き出し、庭に向かう。

彼らが家から出て行くと、俺も起き出した。車のところに行かねばならない。サマトのところまで忍び寄り、キスをすると、すぐに家の外に出た。

庭では、アセーリアが大きなやかんで水を沸かしている。バイテミールのほうは薪を割っていた。二人は俺に気づき、三人で俺の車まで行くことになった。

朝の光の中で見てみると、交通標識のポールに衝突したらしい。二つのポールが壊れて、道に投げ出されている。ヘッドライトの一方が壊れていた。泥よけ《フェンダー》とラジエーターグリルには、へこみができていた。タイヤには、道路と激しくこすれた跡が残っていた。ハンマーなどを使って、車に一応の修復を施した。ここまでは簡単だったが、そのあとが大変だった。エンジンが冷え切っていた。何度やってみてもエンジンがかからない。油受けを麻くずで暖め、両手でクランクをまわしてみる。俺とバイテミールの肩が触れ合う。白い息を吐き出しながら、二人で努力してみた。エンジンをかけよう。同じことを考え、努力してみた。

けれども、エンジンがかからない。息が切れてきた。そのとき、アセーリアがお湯の入ったバケツを二つ持ってきた。黙ってバケツを俺の前に置き、すぐに俺から離れていった。俺はお湯をラジエーターに注いでみた。バイテミールと一緒にクランクをまわしてみた。何度目だったろうか。エンジンがカタカタと音を立てはじめた。俺は急いで運転席に駆け上った。エンジンが大きな音で動き出したものの、まだ動きが安定しない。動き出しては、とまってしまう。

バイテミールが点火プラグを点検しはじめたとき、サマトが息を切らしてこちらに走ってきた。興味深そうに、車のまわりをぐるぐる走りまわる。車に乗せてもらいたいらしい。サマトを追いかけて、アセーリアもやってきた。サマトをつかまえた。サマトが暴れても大丈夫なように、運転席の横でしっかりと息子を抱きしめている。

アセーリアが俺を見つめた。強い非難が感じられる。大きな苦痛も感じられる。深い思いやりも感じ取れる。ああ、俺の罪を贖うことができるのなら……。ああ、アセーリアの愛をもう一度得られるのなら……。俺はどんな苦痛にも耐えただろう！

俺はドアを開け、アセーリアに言葉をかけた。

「アセーリア！　サマトと一緒に車に乗ってくれ！　一緒に走ろう。あの時みたいに！　そして、これからずっと！　アセーリア、車に乗ってくれ！」俺はエンジンの大きな音に紛れて、アセーリアに頼んだ。

アセーリアは何も答えなかった。涙で潤んだ目を伏せ、首を横に振っただけだった。

「一緒に行こうよ。マーマ！　自動車に乗ろうよ、マーマ！」サマトがアセーリアの手を引っ張ろうとした。

しかし、アセーリアは俺のほうを振り返ろうともせず、顔を伏せながら、サマトと一緒に離れていってしまった。サマトのほうは残念でならないらしい。車に戻ろうよ。アセーリアを何度も誘っていた。

「よし、これで大丈夫だ！」バイテミールが叫びながら、ボンネットを閉じ、手にしていた道具を運転席に戻した。

エンジンがスムーズに動くようになった。俺はバイテミールに別れを告げ、走り去った。

再びこの手でハンドルを握っている。再び山々と道が俺の前に広がる。再び車が俺を運んでくれる。しかし、そんなことはもうどうでもよかった……。

こうして俺はドロン峠でアセーリアとサマトに再会できた。そして、別れた。これからどうすればよいか。中国へ向かう車の中で考えた。帰りの道でも、思いを巡らせた。けれども、わからなかった。出口のない思索に疲れ果ててしまった。もうアセーリアと会うのはやめよう。遠く離れよう。固い決心だった。

しかし、中国からの帰り道、管理事務所の近くを通りかかったとき、サマトの姿を見つけた。サマトより年上らしき男の子ひとりと女の子ひとりと遊んでいた。家畜を囲む柵や農場を石でつくっていた。サマトたちはいつもここで遊んでいたのだろう。これまでも俺は隣を通り過ぎていたのだろう。ここに息子がいるなどと思いもせずに……。

俺は車をとめた。

「サマト！」俺は叫んだ。息子に会いたかった。息子と話したかった。

子どもたちが駆け寄ってきた。

「おじさん！　車に乗せてくれるために、きてくれたんだね。そうでしょ？」サマトが嬉しそうに確認する。

「もちろんだ。ちょっとドライブしようか」

俺の誘いに応えて、三人が助手席に入り込んだ。

「このおじさん、ぼくの知り合いなんだ！」サマトが年上の遊び仲間にそう自慢した。

俺は車を少し走らせた。嬉しかった。幸福だった。子どもたちより、幸せだった。それから、子どもたちを助手席から降ろした。三人は地面に足が着くと、駆けだそうとした。俺はサマトを引き留めた。「待ってくれ、サマト！」そう言いながら、俺はサマトを高く抱えあげ、左右に揺り動かしながら、サマトの目を長い間見つめた。そのあと、胸に引き寄せ、キスをしてから、地面の上にサマトを降ろした。

「ねえ、おじさん、サーベルはどこにあるの？　見せてくれるって言ったじゃないか」サマトは約束を覚えているらしい。

「ごめん、ごめん。また家に忘れちゃったよ。今度、見せてあげるから」と俺はまたサマトに約束をした。

「もう忘れないでね、おじさん。ぼくたち、いつもここで遊んでいるから、またきてね」

「よし、わかった。さあ、皆のところに行っていいぞ」

事務所の作業場で、俺は木材から子ども用のサーベルを三つ彫り上げ、子どもたちのところに持っていくことにした。

また管理事務所の近くを通りかかったとき、子どもたちは俺を待っていた。サーベルを渡し、一緒にまた少しドライブをした。子どもたちは喜んでくれた。

息子とその遊び仲間との友好関係がこうしてはじまった。

三人はすぐに俺に慣れ、車が見えると、遠くからでも競うように走ってきた。「車だ！　ぼくたちの車がきたぞ！」

新たな力が目覚めた。生きていく力が沸き上がった。俺は再び人間になった！

仕事で出かけるとき、心の中はいつも喜びで一杯になる。息子が待っている。少なくとも、二分の間は運転席で息子と一緒にいられる。

俺は荷物を運びながらも、一つのことしか考えていなかった。適当な時間に息子のところに行く！　行き帰りの走行スピードも調整した。昼間にドロン峠を通らなければならない。それが大切だった。

暖かな春の日々だった。子どもたちはいつも戸外で遊んでいた。道路で遊ぶことも多かった。俺が子どもたちを探すと、よく道路の上にいた。

俺は子どもたちと会うのが楽しみだった。幸福を噛みしめていた。子どもたちと会うためだけに、俺は生きて働いている。そう思えた。

しかし、時折、言葉で言い表せない不安に駆られることがあった。アセーリアやバイテミールが知っているのではないか。俺とサマトたちがドライブをしているのを……。まだ、知らないのかもしれない。が、いつでもアセーリアたちは子どもたちに禁止できるのである。イリアスおじさんと遊んでは駄目です。道路で遊んでは駄目です。

俺は心の中でアセーリアとバイテミールに懇願した。この小さな喜びを俺から取り上げないでくれ。ささやかな二分間の幸福を奪わないでくれ。お願いだ。

けれども、ある日、恐れていたことが現実になった……。

五月一日が近づいてきていた。お祝いの日なのだから、息子に何か贈らねばならない。ゼンマイで動く小さなトラックのおもちゃを俺は買った。息子にすぐにも渡したかった。だが、事務所で引き留められ、出発がいつもより遅れてしまった。急いだ。時間を取り戻すために、猛スピードで車を走らせた。管理事務所が近づいたとき、プレゼントの入った箱を取り出し、助手席に置いた。サマトが喜ぶだろうな。息子の喜ぶ姿を想像していた。サマトはおもちゃをたくさん持っていた。ゼンマイ仕掛けのトラックよりも、高価で素晴らしいものも少なからず持っている。しかし、このプレゼントは特別なものだった。運転手になることを夢見ている子ども——この小さき友人に、友人たる運転手が贈るプレゼントなのである。特別なものになるに決まっている。

ところが、いつもの場所にきても、サマトが見あたらない。遊び友だちはいる。しかし、サマトはいない。俺は車を降りた。

「サマトはどうしたんだい？」

「おうちにいるよ。病気なんだって」と男の子が答えた。

「違うわ。病気なんかじゃない。サマトのお母さんがここで遊んでは駄目だって言ったのよ」女の子が大人びた口調で訂正した。

「どうしてなの？」俺は女の子に尋ねた。

「わからない。でも、サマトのお母さんが言ってたの。サマトはここで遊んじゃいけないんだって」

顔色が青ざめていくのが、自分でもわかる。もう駄目だ。サマトと会えない。息子と会えない……。

「これ、サマトに渡しといてくれないかな……」俺は男の子にプレゼントの入った箱を手渡そうとした。が、すぐに考えをあらためた。「いや、やはりやめておこう。ごめん、坊や」

俺は男の子から箱を取り上げ、打ちのめされた気分で車に戻った。

「なあー、なんでおじさん、車に乗せてくれないのかな」男の子が女の子に訊いている。

「病気なのよ」女の子が額にしわを寄せながら、答えた。

女の子の言葉は俺の心を言い当てていた。病気にかかったようなものだった。いや、どんなひどい病気よりも、俺を打ちのめしたと言ってよい。荷物を運んでいる間、ずっと俺は心の中で考えていた。

アセーリアはどうして俺にこんなにつらくあたる。俺がどんなにひどい奴だったとしても、同情のかけらもないのか。憐れみを感じないのか。いや、そんなことはあり得ない。アセーリアはそんな女ではない。他に何か理由があるはずだ。だが、どんな理由なのだろうか？　どうすればその理由がわかる？

俺は自分に言い聞かせてみた。サマトは本当に病気なんだ。二、三日病気で寝ているだけだ。あの男の子が嘘をつくはずがないではないか。そのうち、サマトがベッドで苦しむ姿が浮かんできて、頭から離れなくなった。俺に何かできるのではないか。サマトを助けられるのではないか。薬を買ってきてやることもできる。病院に運んでやることもできる。アセーリアとサマトは峠に住んでいる。都会に住んでいるのではない。俺が運ばないでどうする。

疲れた。様々な考えを巡らせ、心が苛まれているうちに、疲れ果ててしまった。

やがて、一つのことしか考えられなくなった。そうだ。俺はサマトのところに行かねばならない。できるだけ速く！

俺は信じた。心が俺に語っている。サマトに会えるに違いない。

しかし、車が俺に反抗したのだろうか。ガソリンが切れてしまった。そのため、ガソリンスタンドで給油せざるを得なくなった。

ジャーナリストの回想——二

イリアスという名の語り手は、ここまで語り、沈黙した。男は手で顔をこすり、深いため息をついた。何度目だろうか。新たな煙草を口にくわえた。

すでに夜も更けていた。私とイリアスを除けば、列車に乗っている人間はすべて眠りについているに違いない。車輪がレールの上で歌い上げる音楽が際限なく続いていく。窓の外には、夏の夜が広がっている。小さな駅の灯りが幾つも過ぎ去っていく。蒸気機関車の汽笛が夜の静けさを破った。

このとき、イリアスがまた語りはじめた。

「そのときなのです。あなたが私に話しかけたのです。車に同乗させてほしい、と。私はお断りしたのですが、その理由をおわかり頂けたでしょうか。あなたはガソリンスタンドに残って、次の車に乗せてもらい、私を追い越していきました。仕方なかったのかもしれません。私はとても興奮していました。普通の精神状態ではなかったのです……」

息子よ

俺の予感は的中した。いつものところを通りかかると、サマトが待っていたのである。サマトは俺の車を見ると、駆けだしてきた。

「おじさん！　おじさん！　運転手のおじさん！」

息子は元気だった！　嬉しかった！　嬉しくて嬉しくて、涙が出そうになった。

俺は車をとめ、運転席から飛び降り、サマトのところへ駆けていった。

「どうしたんだ？　病気だったのか？」

「ううん。ママが駄目だって言ったんだ。おじさんと一緒に車に乗っちゃ駄目だって言ったんだ。ぼく、ぼく、泣いちゃった」

「じゃあ、家から逃げ出してきたのかい？」

「ううん。パパがいいって言ったんだ」

「そうか……」

「ぼく言ったんだよ。大きくなったら、ぼくも運転手になるって」

「なれるさ。きっと、すごい運転手になれるぞ。サマト、おじさんが何を持ってきたかわかるかい？」俺は自分で掘った車を取り出した。「ほら、すごいぞ。立派なトラックだぞ。サマトにぴったりのものだ」

サマトはとても嬉しいらしい。顔を輝かせた。

「ぼく、おじさんと車に乗りたいや。これからもずっと。ねえ、おじさん、いいでしょう？」

「もちろんさ！　そうだ！　サマトさえよければ、五月一日に街までドライブしないか。車に旗を立てて出発しよう。あとで家まで連れてきてあげるからさ」

自分でもわからない。なぜこのようなことを言い出したのか。こんなことができるなどと、なぜ突然思ってしまったのか。そのうえ、俺は要求をエスカレートさせてしまった。

「サマトがそうしたいって言うんなら、おじさんと一緒に住むことだってできるんだぞ。車の運転席に住もう。そうしたら、どこへでも行けるぞ。サマトとおじさんはずっと一緒にいられるんだ」

「すごい！」サマトはすぐに賛成してくれたようだ。「自動車の中に住むんだ！　一緒に車でいろんなところへ行こうね、おじさん！　ねえ、おじさん、すぐに行こうよ！」

大人も時折、子どものようになる。俺とサマトはすぐに車に乗り込んだ。キーを差し込み、エンジンをかけた。サマトは大喜びだった。俺に体をすり寄せてきた。というより、一時もじっとしていなかった。体全体で喜びをあらわしていた。サマトは大はしゃぎで、いろいろな話を俺に聞かせてくれたり、ハンドルやメーターを指しては質問をしたりした。サマトだけではない。俺も大はしゃぎだった。

だが、俺もようやく正気を取り戻しつつあった。何てことをしているんだ。俺はブレーキをかけた。しかし、サマトは納得がいかないようだった。

「車を走らせてよ。さっきより速く走らせてよ、ねえ、おじさん！」

顔を輝かせながら頼むサマトの声を聞いたら、俺はもう抵抗できなかった。アクセルを踏み込んだ。すぐに車が全速力で疾走をはじめた。

そのとき、前方から、工事用の地ならし機《グレーダー》があらわれた。道路が修繕されているところだった。鈍い音を立てながら、俺たちに近づいてきた。地ならし機《グレーダー》の背後、工事現場の端には、バイテミールの姿が見えた。手押し車からタールを車線の上に撒いていた。俺はうろたえてしまった。車をとめよう。とめなければならない。そう思ったのだが、もう遅かった。とめるわけにはいかないほど、近づいてしまった。気がつかないうちに、俺はこんなに遠くまでサマトを連れてきてしまっていたとは！

ハンドルの上に上半身をかがめ、猛スピードでバイテミールの横を駆け抜けていった。

バイテミールは何も気づかなかった。顔をあげずに、黙々と仕事に励んでいた。それに、つねに横を車が通り抜けていくのである。気づかなかったとしても不思議ではない。けれども、サマトのほうがバイテミールを見つけていた。

「あ！　あそこにパパがいる！　おじさん、おじさん、パパも乗せようよ。パパと一緒にドライブしようよ！」

俺は何も答えなかった。車をとめるなど、今さらできるはずがない。バイテミールに何と言い訳すればいいんだ。無理だ。車をとめられるはずがない。

車がとまらなかったので、サマトは驚いたらしい。後ろを向いて父親の姿を目で追いながら、泣きはじめた。

「パパのところに行くんだ！　もうドライブなんかいい！　とめて！　とめて！　パパのところに帰るんだ！　ママのところに帰るんだ！」

俺はカーブを曲がったところで車をとめ、サマトをなだめようとした。

「よし、よし、泣かないでいいんだぞ。すぐに家まで戻ろうな。すぐに戻るから、泣くのはやめような」

しかし、サマトはもう何も耳に入らないらしい。

「いやだよ、もう車なんか乗りたくないよ。パパのところに帰るんだ。ドアを開けて！　ぼくを降ろして！　はやく降ろして！」

ここで、俺は自ら面倒を招くようなことをしてしまった。

「よし、わかった。おじさんがすぐにパパのところに連れて行ってあげるよ。だから、もう泣かないで。いいかかい、車から降りて、一緒にパパのところへ行こう」

サマトは車から飛び降りて、泣きながら道を駆けていこうとした。俺はサマトをつかんで、とめた。

「待て、サマト。涙をふかなくちゃ。ほら泣かないで。いいかい、泣いちゃ駄目だぞ。そうそう、サマトにあげた自動車はどこだい？　ああ、ここか。ほら！」俺は震える手で、プレゼントをもう一度手に取り、ゼンマイを巻いた。「ほら、これはサマトのものだ。ほら！」小さなトラックは少し前に進むと、石にぶつかって、転がって道路の側溝に落ちてしまった。

「いらないよ、そんなものいらない！」ますます大きな声で泣きながら、サマトは駆けだしてしまった。

俺は悲しかった。不安だった。声も出ないくらいだった。ともかく自分も走り出して、息子に追いついた。「待ってくれ。泣かないで、泣かないでくれ、サマト。おじさんは……、おじさんは……。サマト、わかるだろう。おじさんは……」だが、そのあとの言葉が出なかった。

サマトは俺の手を振りほどき走り出した。後ろを振り返りもせず、駆けていく。そして、すぐにカーブの向こうに姿を消した。

俺もカーブのところまでは走っていったが、そこで立ち止まり、息子の姿を目で追った。

サマトはバイテミールのところに駆けていき、彼の膝にしがみついた。バイテミールはかがんで、息子を抱きしめた。サマトはバイテミールの首に腕をまわし、不安そうに俺のいるほうに目を向けた。

俺はその場所に立って、長い間二人の姿を目で追ってから、車に引き返すことにした。プレゼントの自動車の横で、俺は立ち止まった。見てみると、おもちゃは側溝の中で横転して、タイヤを上に向けていた。涙が出てきた。涙があふれ、頬からしたたり落ちていく。「もう駄目だ。何もかもお仕舞いだ！」俺はボンネットをさすりながら、自分の車に話しかけた。エンジンの温かさを感じた。俺には、車は信頼に足る友人のようなものだった。車が証人だった。俺と息子の最後の出会い――それを俺の車が見届けていてくれた。

ジャーナリストの告白

イリアスは腰を上げ、車室《コンパートメント》から廊下に出た。

「少し、新鮮な空気を吸わせてください」

私のほうは車室《コンパートメント》に残った。窓の外で、夜明けの空が光の筋となって流れていく。私は灯りを消した。座席の上で横になり、考えを巡らせた。イリアスに教えるべきなのだろうか。私が知っていて、イリアスが知らないこと。あの事柄を告げたほうがよいのだろうか……。

しかし、イリアスは戻ってこなかった。そのため、自分の心にとどめておくことになった。


私が道路管理事務所の責任者のバイテミールと知り合ったのは、アセーリアとサマトがドロン峠に住んでいるのをイリアスが知った頃だった。

パミール高原へキルギスの道路工事班が派遣されることになっていた。そこで、タジキスタンの新聞社が私に原稿の依頼をしてきた。高い山々の中で働くキルギスの工事関係者のプロフイールを書けというのである。そのキルギスの派遣団の中に、バイテミール・クーロフという名前があった。道路工事のプロ中のプロで、きわめて有能な男だという。

私は彼の知己を得るために、ドロン峠へ赴いた。

最初の出会いは思いがけないものだった。取材の成功を期待させるものだったと言ってもよい。

ドロン峠で、ひとりの労働者が赤い旗をかざして、私たちの乗ったバスを制止した。少し前に地滑りがあり、今は泥の撤去中だという。仕方がないので、私はバスから降りて、作業中の労働者のほうに向かった。一台のブルドーザーが精力的に活動していた。ブルドーザーが左右に動けないところでは、労働者たちがスコップを持って働いていた。ブルドーザーの横にも、労働者がひとりいた。雨合羽を着て、長靴を履いている。ブルドーザーの運転手に指示を与えているらしい。「もっと左だ。もう少し左！　今度は右だ！　よし、いいぞ！　ストップだ！　オッケーだ。さあ、もう一度もとに戻して！」

道路はすでに秩序を取り戻しつつあった。カーブのラインもはっきりと見えてきた。車線からも泥はほとんど取り除かれている。地滑りがあった箇所の両端では、車が長い列をつくって待っていた。運転手たちは我慢ができなくなったらしく、クラクションを鳴らしたり、作業中の労働者をののしったりしている。雨合羽の男はそうした声に一切惑わされず、黙々と落ち着いて自分の仕事をこなしていた。ブルドーザーの運転手にも的確な指示を与えていた。

素晴らしい仕事振りだ。あれがバイテミールに違いない！　確かめてみると、事実バイテミールだった。

地滑りの処理が完全に終わったらしい。車が通行をはじめた。たくさんの車が私の横を通り過ぎていった。

「どうしたのですか。バスが行ってしまいましたよ」バイテミールが尋ねてきた。

「私はあなたに会いにきたのです」

バイテミールは驚きを顔にあらわさず、右手を差し出してきた。素朴な威厳とでも呼ぶべきものが感じられる。

「ようこそ。遠くから私を訪ねてきてくれたのですか。お客は歓迎です。今晩はもてなさせて頂きたく思います」

「実は、仕事で伺ったのです。キルギスの道路工事関係者がタジキスタンに派遣される話はご存じですか」

「ええ、知っております」

「パミール高原へのご出発前にあなたにインタビューしようと思いまして伺いました」

私は自分の来訪の理由を説明していった。すると、バイテミールは暗い表情になっていった。

「ここまできてくださったことは、ありがたく思いますし、歓迎いたします。しかし、私はパミール高原に行かないつもりです。ですから、私について記事を書いても仕方ないと思います」

「どうして行かれないのですか？　こちらで仕事がたくさんあるのですか？　あるいは家のほうの事情でも？」

「仕事ですか？　もちろん、たくさんありますよ。道路をご覧頂ければ、わかって頂けると思います。家でも、いろいろありまして……。私にも家族というものが……。いずれにしましても、パミール高原には行きません」

私はバイテミールの説得に取りかかった。あなたのような専門家がどうしても必要なのです。派遣団にあなたのような人がいれば、安心なのです。

バイテミールは丁重に私の言葉に耳を傾けたが、決心を翻《ひるがえ》すようなことはしなかった。

私は自分に腹が立ってきた。ジャーナリストとしてのカンが外れた。ジャーナリストとしてバイテミールを説得するのにも失敗した。何てことだ！

編集部からの依頼を果たせないまま、帰路につくしかなかった。

「そうですか。では、私は失礼させて頂きます」

バイテミールは落ち着いた目で私を見つめ、ほほえんだ。

「都会の方はキルギスのよき習慣をお忘れのようですね。私には家も家族もあります。ベッドも布団もあります。私を訪ねてきてくださったのなら、このまま帰って頂くわけにはいきません。今晩は泊まっていってください。明日の朝、私の家からお帰りになればよろしいではないですか。ぜひ泊まっていってください。ただ、申し訳ないのですが、日が暮れる前にもう少し道路を巡回しなければなりません。仕事は仕事ですから。急いで済ませますので、待っていて頂けますか」

「私もお供させて頂くわけにはいきませんか?」私はバイテミールに頼んでみた。

バイテミールは目を細めて、私のラフな衣服を見た。

「動きやすい衣服を着ていらっしゃいますが、少し遠いところまで行かねばなりませんし、坂が急ですので……」

「大丈夫です」

私がそう答えたので、二人で出発することになった。橋を通るたび、カーブを曲がるたび、立ち止まって、点検した。谷があるところも、岩が突き出たところも、チェックを怠らない。一緒に見回りながら、私たちはいろいろな会話を交わしていった。

バイテミールがどうして私を信頼したのか。どうして私に好意を感じてくれたのか。今でも、わからない。

しかし、バイテミールは自分と家族の物語を話しはじめた。

バイテミールの回想

私はパミール高原で生まれ育った。

まだ若い頃、青年同盟《コムソモール》の動員があって、パミール高原の道路の建設に携わったことがある。若者は皆、一生懸命働いた。「パミール高原に道をつくろう！」というのだから、興奮したのも当然かもしれない。私も本当に一生懸命働いた。そのおかげで、表彰され、勲章まで手にすることになった。とはいえ、このことはさして重要なことではない。それよりも、工事の折、知り合った女性のほうが重要である。

建設の現場で私はひとりの若い女性と知り合い、好意を持つようになった。彼女には心があり、知性があった。村《アイール》から工事の場までやってきたという。大変だったに違いない。キルギスの村《アイール》からパミール高原まで女性がひとりでやってくる。とても考えられないことだった。古くからの習慣が固く人々を縛っていたのだから。

グルバラというその女性と一緒に働きながら、一年の時が過ぎていった。道路の建設も終わりが近づいた。工事のためにたくさんの労力が投下された。これは間違いない。だが、道路をつくるだけで、人や車の交通を確保できるわけではない。建設するだけでは、半分の仕事しか終わっていない。道路というものはつねに点検し、良好な状態に保ち続ける必要がある。

私たちの作業班に、チュサイノーフという若いエンジニアがいた。その後も道路建設に携わり続け、今ではかなりの高名を博している男で、私の親しい友人でもある。そのチュサイノーフが私に強く勧めてくれたことがある。大学に行って、資格を取れというのである。

グルバラは長い間待てないだろう。村《アイール》に帰ってしまうだろう。そう思っていたのだが、ずっと私を待っていてくれた。資格を取ったあと、私はグルバラと結婚した。同じ頃、道路管理事務所の責任者の仕事を引き受けることになる。

結婚しても、グルバラとはよい関係を保てた。グルバラは素晴らしい妻であった。山々の道路の保全に関わる男たちにとって、よき妻やよき家庭生活がどれほど大切なことか！　のちに、私はこのことをよく噛みしめることになる……。

この頃、人生は満ち足りていた。道路管理の仕事は気に入っていた。そのうえ、家庭生活も充実していたのである。やがてグルバラは娘を産み落としてくれた。その後、もうひとり娘を産んでくれた。

しかし、戦争が勃発してしまう。

当時、パミール高原には、一種の巨大な川が流れていた。人間という名の川が。

る。夥《おびただ》しい数の若者が山を下り、谷へ向かい、軍隊へ流れ着いた。私もその流れに巻き込まれる。徴兵されたのである。

出兵の日、妻と二人の娘が見送りにきた。私は次女を腕に抱え、長女の手を引きながら歩いた。グルバラは気丈に振る舞っている。ああ、グルバラ、かわいそうなグルバラ！　落ち着いて見せようとしているのだろう。心配をかけまいとしているのだろう。私のリュックサックを支えながら、静かに歩いている。だが、私にはわかる。荒れ果てた山の中で二人の娘と取り残されるというのが、どういうことか！　つらいに違いない！

私はグルバラを村《アイール》の親戚のもとへ返そうとしたが、グルバラは受け入れてくれなかった。

「ここまでわたしたちだけでやってきたではありませんか。ここであなたを待つことにします。わたしたちがつくった道路にしても、放っておくことはできないはずです。わたしが監督します。安心していってらっしゃってください」

グルバラは幹線道路のところまで見送ってくれた。私は今一度グルバラと娘たちを見渡してから、別れを告げた。私もグルバラもまだ若かった。本当の意味での人生を歩みはじめたばかりだった……。

軍隊では、私は工兵大隊に配属され、数多くの道をつくり、橋を架けた。実にたくさんのものを建築した。どれだけのものを建設したか、思い出せないくらいである。ドン川を越え、ヴイスラ川を渡り、ドナウ川を横切って進軍していった。周囲で手榴弾が破裂し、橋が爆破され、数知れぬ人間たちが命を落としていく中で働いた。氷のように冷たい水の中で働き、火や煙の中で建設作業を行った。力を振り絞って働き続けた。死が唯一の救いのようにすら思われた。そのようなとき、私は家族の姿を思い描いた。険しい山の中で私の帰りを待っている妻と娘たち……。家族のことを思うと、新たな力が沸いてきた。こんなところで死ぬわけにはいかない。こんな橋の下で死ぬためにやってきたのではない！　負けない！　絶対に負けない！　歯を食いしばって、滑りやすい鉄線を結びつけて行った。負けるわけにいかなかった。負傷することもなく、私はベルリンのすぐ近くまで到達した。

グルバラからは頻繁に手紙が届いた。道路の管理事務所の横を郵便の車が通るのである。実に幸いなことであった。グルバラは身のまわりで起きたことを詳しく書きしるしてくれた。私の代わりに、管理事務所の責任者の地位に就いたらしい。女性にはつらい仕事である。そのことは私が一番よく知っている。どこかの区間を管理すればすむのではない。パミール高原を貫く道路全体を管理しなければならないのである。困難な仕事に決まっている！

一九四五年の春のことだった。

グルバラからの手紙が突然途絶えた。最前線ではよくあることではないか。特別なことではない。私は自分に言い聞かせ、自分をなぐさめた。

そしてある日、命令を受け取ったので、早速大隊の本部に赴いた。君は十分よくやってくれた。勲章も手にしている。感謝しているよ。今日で君の任務は終わりだ。故郷に戻ってよろしい。そう言われた。当然、嬉しくて仕方がなかった。家に帰れる！　嬉しくて、すぐにグルバラに電報を打った。有頂天になって、思いを馳せられなかったのである。なぜ予定より早い時期に除隊させられたか……。

故郷に着くと、管轄の軍事本部に出向くよりも前に、家に急いだ。家に帰りたかった。できるだけ早く帰りたかった。グルバラに会いたかった。できるだけはやく会いたかった。一・五トントラックに同乗して、家へ向かった。

軍隊の車両の速い速度に慣れていたので、トラックの運転手を駆り立てた。「アクセルをもっと踏んでくれ。車が壊れるようなことはない。さあ、家まで速く連れて行ってくれ！」

やがて家から数百メートルのところまで近づいた。次のカーブを曲がれば、管理事務所がある！　もう待ちきれなかった。我慢できず、車から飛び降りて、急いでリュックサックを担いで、駆けだした。全速力で走った。カーブを走りきったとき、信じられない光景が目に飛び込んできた。自分の目を疑った。管理事務所が跡形もなく消えているのである。事務所以外は以前のままである。山の位置も変わっていない。道路も変化していない。家だけが消えていた。あたりを見回しても、人間の気配はない。石がうずたかく積まれているだけである。

家は山のふもとにあり、道路からほんの少し離れたところにあったはずである。目を山の頂に向けたとき、何も言えなくなってしまった。心が凍りついた。何ということだ！　雪崩の起きた跡があった。雪崩の通った一筋の道のあとには、何もなかった。すべてが押しつぶされているるか、跡形もなく消えていた。巨大な爪が山腹からは土をはぎ取り、深い谷では土を奥深くから鋤《す》いた――そのような光景が眼前に迫ってきた。

そういえば、グルバラから受け取った最後の手紙にしるされていた。雪がたくさん降ったあと、雨に変わった、と。

雪の吹きだまりは爆破しなければならない。しかし、そんなことは女の仕事ではない……。何ということなのだろう。軍隊にいるとき、何度死が間近に迫ったことだろう。何度死を目前にしただろう。地獄のような光景だった。その地獄から生きて帰ってきたのに、家族がもういないとは！

私は立ちつくした。体を動かすことができなかった。叫びたかった。山々を震わすような大声で叫びたかった。けれども、のどから声が出てこない。人生のすべてが私の手から滑り落ちてしまったように感じられた。生きているという感覚もなくなった。

リュックサックも肩から滑り落ちていったが、もうそんなものはどうでもよかった。妻や子どものためのプレゼントも中に入っている。しかし、それが何になろう。立ちつくすしかなかった。奇跡が起こるのを待つかのように。だが、奇跡が起こるはずもなかった……。

私は足取り重くその場を去るしかなかった。途中で一度振り返り、まわりを眺めてみた。山が揺れている！　こちらに近づいてくる！　私を押しつぶそうとしている！　そう思えてしまった。のどの奥から私は大きな叫び声をあげ、走って逃げた。離れたかった。逃げたかった。忌々しい場所から一秒でも速く離れたかった。ついに涙があふれてきた。

そのあと、どう走りまわったか、まったくわからない。どこを歩いたのかもわからない。ただひたすらさまよい続けた。

三日後には、駅にいた。孤独に打ちひしがれながら、人混みの中をさまよっていた。すると、突然、私の名前を呼ぶ人がいた。目を向けてみると、チュサイノーフが立っていた。軍の仕事を終え、故郷に帰ってきたところらしい。

妻や子どもたちの不幸を伝えると、チュサイノーフは「それで、君はどこへ行こうと思っているんだ?」と問い返してきた。自分にもわかるはずがない。私はどうしたらよいのか、わからなかったのである。「僕と一緒にこないか。君をひとりにしておくわけにもいかない。天山《テンシャン》山脈に行こう。天山《テンシャン》山脈での道路建設に行こう」

こうして私は天山《テンシャン》山脈に到着する。

最初の数年間は幾つもの橋を架けていった。私もどこかにしっかりと生活の足場を築かねばならない。チュサイノーフはすでに役所のほうに身分が移っていた。それでも、何度も私のところに立ち寄り、アドバイスを与えてくれていた。もう一度道路の管理をやらないか。何度もそう誘われた。しかし、私は決心がつかなかった。つらい思い出に悩まされていたのである。道路や橋をつくるときには、大勢の仲間がいる。孤独を感じなくてすむ。たくさんの人間に囲まれているだけで、気分が軽くなる。もし道路の管理の仕事を引き受けるとなると、孤独や苦悩と向き合わねばならない。心の苦しみから逃げられなくなるのである。

まだ昔の自分を変えられないでいた。つらい過去に縛りつけられていた。未来はもうない。自分の人生はもうお仕舞いなのだ。心の中の苦しみは消えていなかったのである。もう一度結婚するなど、まったく考えられないことだった。グルバラを愛していた。子どもたちを愛していた。心から愛していた。その代わりになる人間など、いるはずがないではないか！　今さら結婚して何になろう？　結婚するつもりもない！

しかし最後には、道路の管理責任者の仕事を引き受けることにした。いやならすぐにやめればすむ。そういうつもりだった。私に割り当てられたのは、ドロン峠の道路の管理だった。

少しずつではあったが、仕事に順応していく。おそらく、ドロン峠での仕事が過酷なものだったのが幸いしたのだと思う。時が流れていくうちに、心の痛みも薄れていった。それでも、時折は夢にうなされることがあった。かつての家があったところで立ちすくみ、肩からリュックサックが滑り落ちていく――そのような夢を見たあとには、できるだけ朝早く仕事に向かう。道路の状態をチェックしていき、夜かなり遅くなってから家に戻るようにした。

いつもひとりで仕事をしていた。ただ、時折は心密かに思うことがあった。どこかで幸福が私を待っている、と。

そして、ある日、予想もしなかったところで、幸福が姿をあらわした。苦痛に満ちた重い幸福ではあったが……。

私の隣人の母親が病気になった。しかし隣人には、母親の面倒をみる時間がなかった。仕事があり、家族があり、子どもがいたのである。母親の病気が悪化していくので、見かねた私が、母親を医者に連れて行くことにした。

道路建設事務所の車が定期的に管理事務所までやってくるので、その車を使うことにする。私は荷台に座り、隣人の母親を助手席に乗せる。街まで行き、医者に診断してもらった。入院したほうがいい。医者は強く勧めたが、母親は断った。「家で死なせておくれ！」繰り返し訴えた。私にも頼み込んできた。「家に連れて帰っておくれ。ここにおいていったりしたら、あんたを呪ってやるからね」

家に連れて帰るしかなかった。

夜もかなり更けていた。積み替え場のところにさしかかったときである。運転手が急に車をとめた。「いったいどこに行くつもりですか？」運転手が問い尋ねる声が聞こえてきた。

女性が何か答えたらしい。運転手が女性にこう語りかけた。「どうぞお乗りください」

右手に子どもを抱え、左手に小さな荷物を持った女性が、荷台に乗ろうとしたので、私は手を差し伸べて助けた。なるべく風のあたらない位置を女性に譲った。ひどく寒い季節だった。冷たく湿った風が吹き抜けていく。寒かったのだろう。子どもが泣きはじめた。母親があやそうとしたが、泣きやみそうな気配はない。何と痛ましいのだろう！　母と子を助手席に座らせたい。けれども、重い病気にかかった老婆をどかすわけにもいかない。私は母親の肩を叩いた。

「私があやしてみましょう。もしかしたら、うまくいくかもしれません。あなたは風があたらないように、もっと身をかがめてください」

私は小さな子どもを毛皮のコートの中にくるみ、自分の体のほうに引き寄せた。すると、激しい泣き声がやんだ。可愛いい子どもだ。生後十ヶ月後くらいだろうか。子どもを左腕に抱えながら、子どもの様子に見入った。

なぜだかわからない。だが、このとき心が高鳴り、熱いものが込み上げてきた。喜びが、そして心の痛みがのどを締めつける。もう父親になれないのだろうか……。おさな子は周囲のことなど気にせず、静かに私の腕の中で眠っている……。

「男の子ですか？」

母親に尋ねてみると、うなずいた。寒そうにしている。体の芯から冷えているのだろう。薄いコートのようなものしか身につけていない。本当に寒いに違いない。私のほうは毛皮のハーフコートの上にレインコートを着ていた。道路の管理に携わる者に、レインコートは不可欠だ。

私は片方の腕に子どもを抱えていたので、もう一方の腕を母親のほうに差し出して、声をかけた。「レインコートを脱がせてくれませんか。あなたに着てほしいのです。そのままでは、凍死してしまいますよ」

「いいえ、大丈夫です。そのまま着ていてください」

「何を言うんです。着てください。その格好で風にあたっていたら、大変なことになってしまいます。風から身を守らなくてはいけません」

私が強く勧めたので、母親はレインコートに身を包んでくれた。そして、風があたらないような位置に座った。

「少しは暖かくなりましたか！」

「はい、ありがとうございます」

「それにしても、なぜこんな夜遅くに外出なさっているのですか」

「理由がありまして……」小さな声で彼女が答えた。

鉱山労働者の集落がある峡谷を車は走っていた。家々の窓の灯りは消え、すべては眠りに落ちていた。犬が数匹吠えながら、車のあとを走っていた。この女はどこへ行くのだろう。鉱山労働者の集落なのだろう。いや、そうに違いない。他に行くところなどないではないか。集落を超してしまえば、ドロン峠がはじまる。あるのは、道路の管理事務所だけだ。

「さあ、着きましたよ。この集落にご用がおありなのですよね」そう言いながら、私は運転席のほうにノックをした。「すぐにドロン峠がはじまります。この車は峠の途中までしかいきませんよ」

「ここはどこなのでしょうか?」女性が尋ねた。

った。


「鉱山の近くです。ここにおいでになりたかったのではないのですか?」

「え、ええ……、はい、そ、そうです」彼女の声に力はなかった。それでも、立ち上がり、レインコートを私に返し、子どもを受け取った。すると、子どもがすぐにまた泣きはじめてしまった。

どうやらこの集落に用があるのではなさそうだ。きっと、何かつらい目にあったのだろう。どこへ行っていいのか、わからないに違いない。このまま放っておくことはできない。真夜中のこの寒さの中に若い女性と子どもを置き去りにできるはずがない。

「行くあてがないのですね!」私は単刀直入に言った。「悪いことは言いません。お子さんは私が抱きましょう!」半ば強引に子どもを彼女の手から奪った。「黙って言う通りにしてください。今晩は私の管理事務所に泊まってください。いいですね? 明日の朝、どうするかはあなたのご自由です」そう言ったあと、運転席に叫んだ。「さあ、出発だ!」

車が動きはじめた。女はその場に座り、両手の中に顔を埋めた。泣いているのだろう。

「ご安心ください。何もいたしません。自己紹介いたしましょう。私はバイテミール・クーロフと言います。ドロン峠の道路管理事務所の責任者をしております。信用してくださって大丈夫です」

こうして母と子を私の家に連れてきた。建て増した部分に、空いている部屋があったので、私がそこに眠ることにした。長いすの上に横になっても、私は眠れなかった。様々なことが頭をよぎり、とても眠るところではなかった。

横になる前にその女性に幾つかのことを尋ねてみた。今の状態の彼女に質問するなど、心苦しい限りだった。だが、彼女の力になるためには、幾つかの事柄を質問しないわけにはいかない。彼女は恥ずかしそうに、ごくわずかな答えを返したにすぎない。それでも、いろいろなことを察知できた。心に悩みを抱える人間は、一つの言葉の背後に十もの言葉を隠している！

夫はいるが、黙って家を出た。これは確かなようである。誇りを失いたくないらしい。たとえ苦しくても、たとえつらくても、誇りを捨てた生き方はしたくないらしい。自分が何をしているのか。自分でよくわかってもいた。私の心は痛んだ。まだ若いのに……。こんなに細い体をしているのに……。優しい心と繊細な心を持っているのに……。彼女の夫はなぜここまで追い込んだのだろうか。すべてを捨て、着の身着のままで家を出るまで追い込むとは！　いったい何があったのだろう？

しかし、結局すべては彼女の問題であり、私の問題ではない。明日の朝、通りがかりの車を一台とめ、母と子を乗せる。それで、さようならだ。

私は疲れ果て、ようやく眠気に身を委ねることができた。眠るに落ちるときのぼんやりした意識の中では、私はまだ車の中にいた。子どもを毛皮のコートに包み、自分の体に寄せていた……。

夜明けの薄明とともに起きあがり、いつもの巡回をはじめた。が、すぐに家へ引き返してしまった。奇妙なことだが、母と子のことが気になって仕方なかった。二人の目を覚まさないように、そっと暖炉に火を灯し、サモワールの準備を整えるつもりだった。ところが、母親はすでに目を覚ましていて、出発の準備を整えていた。私に気づくと、お礼の言葉を言ってきた。お茶も出さずに帰らせるわけにはいかない。それに、この子どもが私に慣れてくれたので、一緒に遊ぶのが私には楽しくて仕方がなかった。

朝食を一緒にとりながら、尋ねてみた。「どちらに行かれるつもりですか?」

母親は一瞬考えたあと、「リュバチェです」と答えた。

「リュバチェにご親戚でも?」

「いいえ。父と母は、山脈を隔てた反対側の村《アイール》に住んでおります」

「それなら、方向が逆ではないでしょうか」

「父と母のところに戻るつもりはありません。父と母と会うなど、もう許されないことなのです。わたしたち自身にその責任があるのですが……」

両親の意に合わない男と結婚したのだろう……。

そろそろ、出発したい。道路まで行って、同乗させてくれる車を待ちたい。女性がそう申し出た。だが、子どもを風にさらすわけにもいかない。私が車を見つけますから、ここで待っていてください。そう彼女を説き伏せた。

重い足取りで幹線道路まで私は赴いた。

どうしてなのかはわからない。悲しかった。彼女がもうすぐ立ち去ってしまう。また私はひとりになってしまう。そう考えるだけで、どうしようもないくらい悲しくてつらかった。

すぐには車はこなかった。やがて一台やってきたが、私は手を挙げなかった。自分で驚いてしまった。何をしているんだ？　どうしたんだ？　こうして心の葛藤がはじまった。車の往来が増えてきた。それでも、私は手を挙げなかった。次の車をとめるんだ。私は何度も自分に言い聞かせた。しかし、実際に車がくると、手を挙げずにやり過ごしてしまう。顔が熱くなってきた。何をしているんだ。彼女が待っているんだ。私を信頼して待っているんだ。心の中に葛藤があった。車をとめるんだ。自分に言い聞かせる。しかし、車をとめないで、自分に対する言い訳を探した。あの車には屋根がない。あれでは寒くてかわいそうだ。そういう言い訳をしたこともある。あの車はどうも気に入らない。こういう言い訳をしたこともある。運転手が不親切そうだ。運転が下手だ。軽率な運転をしている。あの運転手は酔っているに違いない。次々と言い訳を自分につくっていった。

やがて車がまったく通らなくなった。私は少年のように喜んでしまった。もう少しだけでも彼女が家にいてくれたら！　あと五分だけでも家にいてくれたら！

彼女はどこに行くのがいいのだろう。私は考えてみた。村《アイール》に帰るのは許されないという。彼女自身がそう言っている。子どもと一緒にリュバチェに行くとして、何かあてがあるのだろうか。泊まるところがあるのだろうか。冬のこの時期、暖かな部屋がなければ、子どもは病気になってしまう。そうだ。ここにとどまればいいんだ。管理事務所にとどまればいい。そのうち、どうすればいいのかわかるだろう。夫のもとに帰るかもしれない。場合によっては、ここにいる彼女を夫が見つけるかもしれない。

彼女をすぐにここに連れてきて、車で行かせてしまう。それでは、あまりにつらすぎる。三時間も、私はそうした葛藤を続けた。自分で自分がいやになってきた。母と子をここに連れてこよう。次の車をとめよう。悩んでいても仕方がない。私は管理事務所に戻った。

ドアのところに彼女がいた。落ち着かないのだろう。長い時間待たされたのだから、当然である。私は自分が恥ずかしくなった。悪さをしてつかまった子どものようにうしろめたい気持ちで彼女を見た。

それでも、こんな言葉が口から出てしまった。

「ずいぶん長い時間待たせてしまいました。車がまったく通らなかったものですから。いや、車がきたことはきたのですが、適切な車がなかったもので……。すみません。どうか……。すみません、少し家の中に入って頂けませんか。入ってください！」

彼女は驚いて私を見つめたが、つらそうな表情も見せた。しかし、黙って部屋の中に戻った。

「わたしが何か失礼なことをいたしましたでしょうか？」申し訳なさそうに彼女が尋ねてきた。

「そんなことありません、違うんです。違うんです。ここに戻ってもらったのは……。その……、心配なのです。あなたのことが心配なのです。これからどうするおつもりですか？」

「働くつもりです」

「どちらで？」

「もう家へ戻るつもりはありません。村《アイール》の父と母のもとに戻るつもりもありません。ですから、自分で働いて生きていきます」

私は沈黙した。どう応えたらよいというのだろう。心の傷と誇りに導かれて、彼女は動いている。これからどうなるかなど、考えていない。「自分で働いて生きていきます」、彼女はそう言った。もちろん、そう簡単に事が運ぶはずがない。しかし、それぞれの人の意志を尊重しなければならない。

子どもが私のほうに手を差し伸ばした。私は子どもを自分の腕に抱えあげ、キスをした。熱いものが込み上げてきた。おまえを離したくない。できれば、どこにも行かせたくない……。

「そろそろ出発しましょうか」

私が小さな声で語りかけたので、彼女も腰を上げた。私は子どもを抱えながらドアのところまで歩いていったが、そこで立ち止まってしまった。

「ここにいても、仕事を見つけることはできます」そう切り出した。「ここで働いて生活してください。小さいですが、屋根のある家があります。ここにいてください。急いでどうなるのでしょう。出ていこうと思えば、いつでもここから出て行けます。とりあえずはここにとどまってください！」

最初、彼女は私の提案を受け入れようとしなかった。けれども、私が説得したので、何とか受け入れてくれた。

こうしてアセーリアとサマトは私のところにとどまることになった。増築した部屋は寒かったので、母屋のほうをアセーリアとサマトに使ってもらった。もちろん、アセーリアは辞退したが、私が強く主張したので、最後には受け入れてくれた。それでよかった。私は喜んで、大きな部屋を二人に提供した。

その日から私の生活がすっかり変わった。外見上は何の変化もなかったかもしれない。しかし、私は生気を取り戻した。長い孤独の末に、再び人間の温もりを感じたようなものである。新たな目覚めと呼んでもいい。

もちろん、これまでだって、たくさんの人間に取り込まれて生きてきた。だが、人生の中には、皆で力を合わせて仕事を行っても、それで満たすことのできないものがある。お互いに助け合っても、埋め合わせられないものがある。友情で代えることのできないものがある。私はサマトが可愛くて仕方がなかった。もうかつての自分など想像できなかった。子どもと引き替えに、私の手にあった自由をすべて捨て去ったのかもしれない。しかし、それが何だろう。新しい生活を手に入れられたのである。

私の隣人たちは皆よい人間である。アセーリアとサマトを快く受け入れ、好意的に接してくれた。考えてみれば、子どもが嫌いな人間などいるはずがないではないか。アセーリアのほうもすぐにとけ込んでくれた。心が広くて温かなアセーリアである。皆に好かれた。私との生活にもすぐに慣れた。

私は自分ですぐには認めなかったが、ほどなく自分にも隠せなくなった。私はアセーリアを愛していた。心から愛していた。孤独な長い年月、苦悩のすべて、失われしものすべては、この愛に行き着くためのものだったのだ！

だが、この気持ちをアセーリアに伝えるわけにはいかなかった。アセーリアは待っていたのである。夫がくる日を！

道路で一緒に働いていると、アセーリアは期待に満ちた目で、過ぎ去る車をつねに追っていた。時折、サマトを抱きながら、道路の側で何時間も座っていることがあった。しかし、待ち人はあらわれなかった。

アセーリアが待ち続ける男が誰なのか。どのような姿をしているのか。問い尋ねたことはない。アセーリアのほうでも、一言も語らなかった。

時が過ぎ去っていった。

サマトが成長していく。利発な男の子としてすくすくと育っていく。誰かがサマトにそう言わせたのか、サマトが勝手に言いはじめたのかわからない。が、私を「パパ」と呼び出した。私の姿を見ると、「パパ、パパ」と言いながら駆け寄ってきた。

アセーリアはサマトのそういう姿を見ると、ほほえみながらも、物思いに沈んでいった。私は喜びを感じるとともに、つらさも感じた。サマトの父親になりたい。けれども、アセーリアは……。

ある日、管理事務所の近くで作業をしていると、近くに一台の車がとまった。アセーリアは、その車まで走り寄った。アセーリアがドライバーと何を話したのかはわからない。しかし、突然、アセーリアが大きな声で叫んだ。「嘘よ！　そんなの嘘に決まっている！　わたしは信じない。信じられるはずがないわ。行って！　もうどこかへ行って！　すぐに！」

車は走り去っていった。アセーリアは激しい勢いで家の中へ入っていった。泣きながら、家へ入っていった。

もう仕事など続けられなかった。あのドライバーは誰だったのだろう？　アセーリアに何を言ったのだろう？　疑念と推測が私の心を苦しめた。結局、我慢できなくなり、家の中まで追いかけていった。だが、アセーリアは目をあげようともしない……。

夜になって、アセーリアの部屋に入っていった。

「サマトはどこにいる？　サマトがいないと寂しくて」

「あそこに座っています」打ちひしがれた声で、アセーリアが答えた。

「パパ！」サマトが私のところに走ってきた。サマトの脇の下に腕をあて、高く掲げ、左右にサマトを動かすと、サマトは大喜びした。それでも、アセーリアは悲しそうな表情をしたまま、物思いに沈んでいた。

「アセーリア、いったい何があったのか、話してくれないか？」

アセーリアは深いため息をつくと、「ここを出て行きます」と答えた。「ここが気に入らないというのではありません。あなたには、本当に、本当に感謝しております。ですが、ここから離れて、遠くへ行かなければなりません。遠くへ、とても遠くへ……」

アセーリアは遠くへ旅立つ固い決心をしているようだった。こうなれば、私には一つの道しか残されていない。アセーリアに私の本当の気持ちを伝えるしかない。

「アセーリア、私には君をとめる権利はない。だが、もし君がここを離れるというのなら、私もここを離れるしかない。すでに何度も話したことがあるが、私は一度悲しみに満ちた土地を捨ててきた。もし君がここを立ち去るというのなら、私にとってはここはパミール高原と同じことなのだ。わかってほしい、アセーリア……。君の待っている男がここにきて、君の心を取り戻したのなら、私は邪魔しない。君はいつでも好きなように行動できるのだから……」

私はサマトを抱き上げ、道路まで出た。長い時間、サマトを抱えながら、家の近くを歩き回った。サマトにはまだ何もわかっていなかった。いとしいサマトには……。

アセーリアはさしあたりは私の家に残ることにしたようだ。彼女の心の中で何があったのだろう？　どのような結論を下したのだろう？　この時期、私は身も心も疲れ果てて、やつれてしまっていた。

ある日の昼間、中庭に出てみると、サマトが歩こうとしていた。おぼつかない足取りながら、はじめて二本の脚で大地を何歩か踏みしめた。そのまま倒れてしまいそうだったので、慌ててアセーリアがサマトの体をつかんだ。私は立ち止まったまま、その光景を見つめていた。

「見ましたか？　歩いたのですよ。あなたの息子はもう歩けるんですよ」

アセーリアが嬉しそうな顔で私に話しかけてきた。

何？　あなたの息子？　今、確かにアセーリアは「あなたの息子」と言ったぞ！　私はスコップをその場に置き、しゃがみ込み、サマトに呼びかけた。「さあ、こっちにおいで。イチ、ニイ、イチ、ニイ。さあ、ここにおいで。その小さい足でここにおいで！」

サマトが小さな腕を私のほうに伸ばした。

「パパ！」そう言いながら、おぼつかない足取りで私のところまで歩いてきた。私は抱き上げ、空中に高く掲げたあと、自分の胸に引き寄せた
「アセーリア！　お祝いをしよう。サマトが歩けるようになったお祝いをしよう。黒と白の毛糸からできたひもを用意してくれ！」

「そうしましょう！」アセーリアが笑った。

「黒と白の毛糸だぞ。頼んだぞ！」

私は急いで馬に乗り、親しい畜産家のところまで駆けていき、馬乳酒《クミス》と新鮮な肉を買った。

次の日には、隣人たちを招いて、ささやかなお祝いを催した。

まずはサマトを庭の地面の上に置き、黒と白の毛糸のひもで小さな脚を軽く縛る。サマトの

横にはハサミを置く。そのあとで、庭の反対側で待ち構えている子どもたちに呼びかける。「最初にサマトまでたどり着き、ひもを切れば、一等賞だ！　二番目からは普通の賞品だ！いいか、位置について、用意、スタート！」

子どもたちが駆けだした。

サマトのひもが断ち切られると、私はお決まりの文句を唱えた。「皆さん！　私の小さな子どもは今から大地の上を走ります！　願わくは、早馬のように走らんことを！」

サマトは子どもたちと一緒に走ろうとしたが、突然後ろを振り向くと、「パーパ！」と叫んだ。そして、そのまま前へ倒れた。私とアセーリアはサマトのところまで急いで駆けつけた。私がサマトを抱き上げたとき、アセーリアがはじめて私に言ってくれた。「愛しています！」

こうして私とアセーリアは結婚することになった。

冬になると、私たちはサマトを連れて、アセーリアの両親のところに赴いた。アセーリアが黙って家を出て行ったことに、両親は深く心を傷つけられていた。当然、両親に釈明しなければならなかった。私はすべてを語ることにした。何があったかを残らず、語った。すべてを聞いた両親は、アセーリアを許した。サマトのために許し、私たちの未来のために許してくれた。

幸せな時が過ぎ去っていった。いつしかサマトも五歳になっていた。私とアセーリアはお互いを理解し合っていた。ただ、一つのことだけは私たちは決して口にしなかった。暗黙の了解のようなものである。そう、あの男は私たちにとって存在しないことになっていた。

しかし、人生というものは期待通りには進まないものである。先日、その男が私たちの家に姿をあらわした。

真夜中に道路で事故が起こったという。状況を確かめるために、隣人と私は現場に駆けつけた。到着すると、トラックが交通標識のポールに衝突していた。強い衝撃を受けたのだろう。ドライバーに意識はほとんどなかった。そのうえ、酔っているようだった。私はこのドライバーを知っていた。名前は思い出せない。だが、かつて私を救ったことのある男だった。私の車が故障した折、その車を牽引しながら、ドロン峠を越えた男だった。ドロン峠で他の車を牽引する。これは容易なことではない。それまでに誰も成功したことがなかった。挑戦した者すらいなかった。エネルギッシュで大胆な男だった。素晴らしい男だった。私の好みに合う男だった。

彼に救い出されて、しばらく経った頃人づてに聞いた。誰かがトレーラーを牽引しながらドロン峠を越えようとしたという。もう少しで峠を越えられるというとき、何か失敗があったらしい。トレーラーが道路の側溝にはまり込み、ドライバーはトレーラーをそのままにして逃げ出したという。この話を聞いたときすでに、あの勇敢な男がやったのかもしれないと思っていた。ゴールまであとわずかのところで失敗したのは、つくづく残念なことだった。しかし、そのうちたくさんの車がトレーラーを牽引しながら、ドロン峠を行き来するようになった。車やトレーラーに必要な装置を取りつけ、そのうえで峠を越えていっているという。実に賢明なことであった。

ポールに衝突した男を助けたときの話に戻ろう。

率直に言って、最初はわからなかった。この男がアセーリアのもとを去った男だったとは！

しかし、たとえ知っていたとしても、私は同じことをしただろう。彼を私の家へ連れていっただろう。家まで運ぶと、すべてが明らかになった。アセーリアが薪を持って家に入ってきた。そして彼を見た瞬間、薪を落としてしまったのである。

けれども、三人はお互いに何も気づかない振りをした。男とアセーリアははじめて会ったかのように振る舞っていた。それだからこそ、私のほうも軽はずみな言葉で二人に気まずい思いをさせないように心を砕いた。アセーリアが自分で心を通わせるようになるかもしれない。そのときには、邪魔をするつもりはなかった。二人は再び心を通わせるようになるかもしれない。そのときに紡いできた時がアセーリアと男を結びつけている。サマトが二人の絆となっている。私が邪魔をするわけにはいかない！　そのサマトは私の横のベッドで安らかに寝ていた。優しく頭を撫でたあと、思わず抱きしめてしまった。

この夜は、誰も眠れなかっただろう。それぞれが自分の思いを追っていったに違いない。

アセーリアがサマトと一緒に出て行ったとしても仕方がない。アセーリアにはそうする権利がある。アセーリアには自分の心にしたがってほしい。自分の考えにしたがってほしい。私のほうは……。いや、私はどうでもいい。私が決められることではないのだ。二人が一緒に立ち去るというのなら、私が立ちふさがるのは許されることではない……。

彼は今でもこの通りを走っている。アセーリアと離れてから、彼はどこにいたのだろうか。何をしていたのだろうか。だが、そのようなことは重要ではない。……大切なのはアセーリアの心ではないだろうか……。

ジャーナリストの回想——三

私はバイテミールと一緒に道路の巡回を終えた。すでに周囲は暗くなりはじめていた。天山《テンシャン》山脈の頂《いただき》の万年雪の上に、夕暮れの太陽が赤紫色を投げかけている。トラックが轟音を立てながら次々と私たちの横を通り過ぎていく……。

バイテミールはしばらく沈黙したあと、再び語りはじめた。ひとつひとつの言葉を噛みしめるように……。

「そういう状況にいるのです。私は家を離れるわけにいきません。アセーリアが出て行きたいのなら……、心の底からそう思うのなら……、私に率直に打ち明けてくれるなら……、私は最後に息子に祝福を与えたいと思っています。私には自分の体よりも、自分の肉や血よりも、サマトのほうが大切です。しかし、アセーリアたちからサマトを取り上げることはできません。……だから、私はどこへも行かないのです。パミールに帰るわけにもいきませんし、どこにも行けないのです……。申し訳なく思います。せっかく遠くからきて頂いたのに、このような話しかできませんで。当然、このような話が新聞の記事に相応しいはずがありません。ひとりの人間としてひとりの人間に語ったにすぎません」

エピローグ

列車がオシ市の駅に到着する頃、イリアスとまた会えた。ここで私たちは別れなければならなかった。イリアスはパミール高原まで向かい、私は仕事に取りかからねばならない。

別れの間際、イリアスは私にこう語ってくれた。

「パミール高原に着いたら、親友のアリベックを探すつもりです。そして、新しい生活をはじめます。どうか、私を人生の敗残者などと思わないでください。時が経る中で、私もまた結婚し、家庭を築くでしょう。子どもを持つでしょう。そう、普通の人と同じ生活を送るでしょう。友人も同僚も見つけられると思います。それでも、決して手に入らないものがあります。永遠に失われてしまったものがあるのです。……私は人生の最後の日まで、最後の息を引き取るまで、アセーリアのことを思い続けるでしょう。アセーリアと私の間にあった美しい思い出をいつまでも忘れないでしょう」

こう語ったあと、イリアスは頭をうなだれ、しばらく沈黙した。それから、最後の言葉をつけ加えた。

「出発の日、私はイシククル湖に行ってきました。小高い丘の上から水面を見下ろし、別れを告げました。天山《テンシャン》の山々に別れを告げあと、イシククル湖を見据え、語りかけたのです。さようなら、イシククル湖！　おまえの終わりなき波の歌！　おまえの青き水！　おまえの褐色の岸辺！　いつまでもずっと一緒にいたかった。だが、おまえを連れては行けぬ。そのようなことはかなわぬことなのだ。愛してやまない女性の愛を連れて行けないように！　さようなら、アセーリア！　幸せでいてくれ！　アセーリア、お別れだ！　さようなら、アセーリア！」

◎ **訳者あとがき**

美しくて切ない愛の物語、それが本書である。

巨匠チンギス・アイトマートフの手になる作品であるから、読者の期待を裏切るはずがない。複雑な人間の心の機微が見事に描き出されている。

まず、相手を思う激しい情熱が描かれている。人を思う心があるから、伝統的な慣習と戦って純愛を貫くこともできる。

また、お互いを信頼し合う至福の時が描写されている。幸福な気持ちに満たされたとき、人間はとても優しい気持ちになれる。

そして、人間の心の微妙な襞《ひだ》が示されていく。人間の心には複雑な思いや感情がある。プライドもある。虚栄心もある。心の弱さもある。相手を愛していても、伝えられぬ思いがある。心が傷ついているからこそ感じる他人の優しさもある。心の底から幸せを願う相手にも捧げられぬ本当の情熱的な愛——秘められた愛——がある。

こうした人間の複雑な心をアイトマートフはドラマチックに謳いあげていく。

心の奥底を抉《えぐ》るその鋭さと物語のドラマチックさ——二つをこれほど見事に融合させた作品は、他に類を見ないのではないだろうか。

この物語をひもといてほしい。心の切なさを感じ取ってほしい。人を思う感情というものの素晴らしさ、そしてそのつらさを味わってほしい。心が豊かになるに違いない。心が深くなるに違いない。

この素晴らしい作品を生み出したのは、チンギス・アイトマートフ。キルギス共和国で生まれ育ったヨーロッパの人気作家で、数多くの作品をものしている。そのほとんどがドイツ語やフランス語に翻訳され、各国で人気を博している。

出世作は、花風社から刊行されている『この星でいちばん美しい愛の物語』。欧米のみならず、中国やインドでも読み継がれている名作である。アイトマートフ自身は「人間を目覚めさせる愛の物語」「無垢な愛の物語」と名づけている。

その『この星でいちばん美しい愛の物語』と並ぶ名作、アイトマートフのラブストーリーの傑作と言われるのが、『涙が星に変わるとき』である。ドイツの出版社がアイトマートフの傑作ラブストーリーをまとめるにあたって、『この星でいちばん美しい愛の物語』と『涙が星に変わるとき』を選んだのは偶然ではない。実に美しくて切ない物語なのである。

日本の皆さんにも『涙が星に変わるとき』をひもといてほしい。『この星でいちばん美しい愛の物語』と読み比べてほしい。人間を目覚めさせる愛と人間を深くする愛を味わってほしい。人生が豊かになるに違いない。

浅見昇吾

二〇〇二年二月

涙が星に
変わるとき

2002年4月1日 第一刷発行

著　者 ◎ チンギス・アイトマートフ
訳　者 ◎ 浅見昇吾
装　丁 ◎ 小野貴司
挿　画 ◎ 塚本やすし
発行者 ◎ 浅見淳子
発行所 ◎ 株式会社花風社
東京都渋谷区桜丘町26-1 セルリアンタワー 5階
〒150-8512
電 話 03-5728-1091
ファクス 03-5728-1092
http://www.kafusha.com
mail@kafusha.com
印刷・製本 ◎ 中央精版印刷株式会社